3
「キミ
す夏、
終わらないで」
クラスのギャルが、
なぜか俺の義妹と
仲良くなった。

ほら、慎治。
紡希ちゃんだって
喜んでくれてるじゃん！
高良井結愛
【たからい・ゆあ】
同級生のモテギャル。
紡希と仲良くなって名雲家
に入り浸る。
今回は慎治の怪我を甲斐
甲斐しく看病!?
庭にビニールプールを張って……

シンにいも、はやく
名雲紡希
【なぐも・つむぎ】
母親を亡くしてやってきた慎治の義妹。
慎治が結愛と付き合っていると勘違いしていて…？
学校では、大人っぽく装っている

こうして
子どものための遊び場を
守れたことが宝物でしょうが
桜咲瑠海
【おうさき・るみ】
結愛の親友で、隠れプロレスオタク。
レスラー・名雲弘樹のファンだが、彼が慎治の父親とは気付いていない

お兄さんも、どうです？
冷たくて気持ちいいですよ〜
伊丹百花
【いたみ・ももか】
（桜咲萌花）
【おうさき・もか】
紡希の親友で、瑠海の妹。SNS でイラストを描いていて、「百花」はペンネーム
学校プールの監視員に……!?

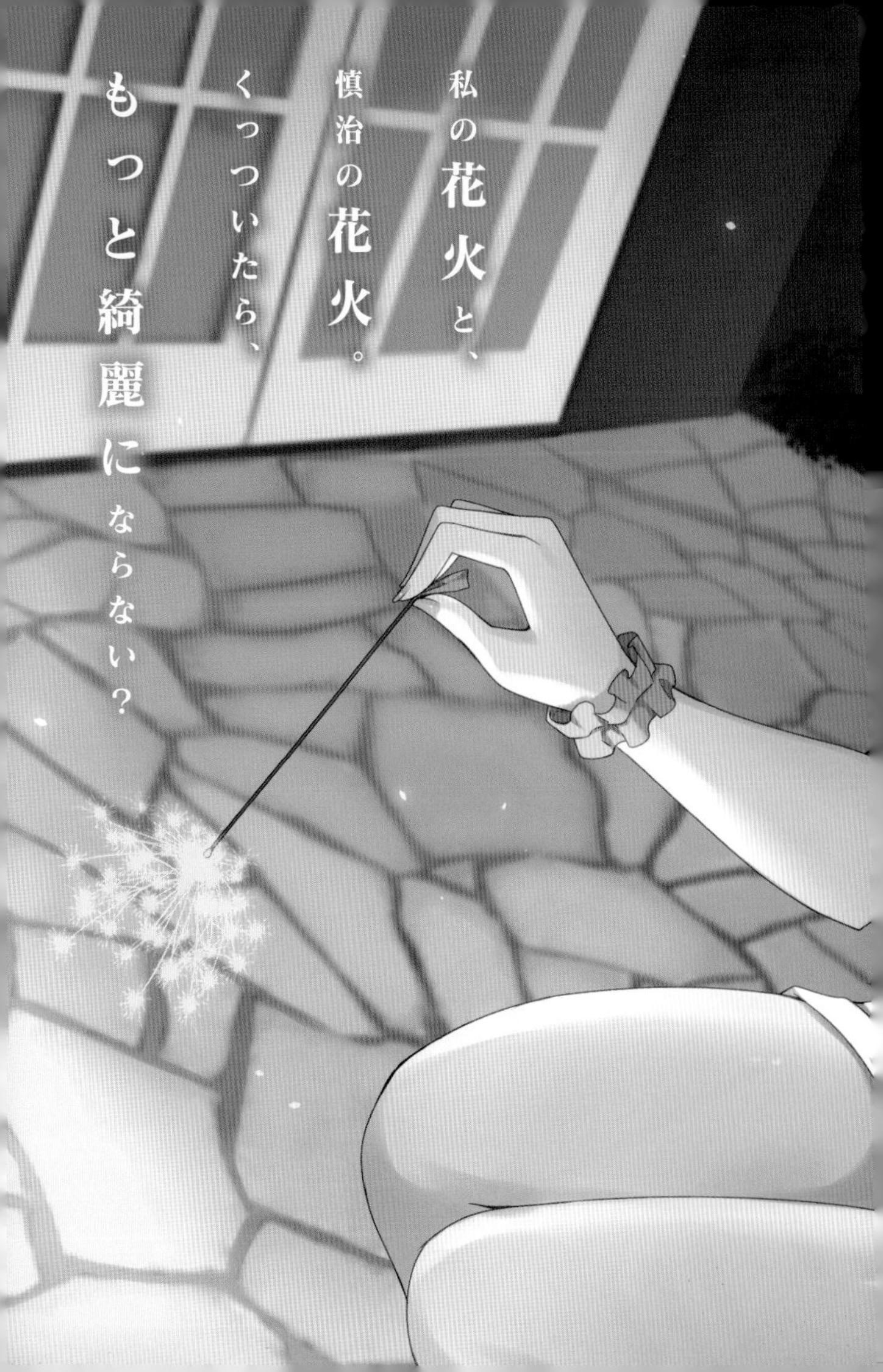
私の花火と、
慎治の花火。
くっついたら、
もっと綺麗にならない？

打鍵するたびに店の中が
より明るくきらびやかになる
結愛のピアノという組み合わせは、
違和感なく混ざり合い、
店内に癒やしの空間をつくりだした
結愛のバイト先で……

クラスのギャルが、なぜか俺の義妹と仲良くなった。3
「キミと過ごす夏、終わらないで」

佐波 彗

ファンタジア文庫

3192

口絵・本文イラスト　小森くづゆ

contents

■プロローグ

その日も、いつものように我が家に結愛《ゆあ》がいた。

クーラーが効いたリビングにある二人がけのソファで、俺の左隣に腰掛けている。

「慎治《しんじ》〜、ここ触られたらどんな感じする？」

結愛が、俺のとある部位をつんつん突《つつ》いた。

「何も感じない」

当たり前だ。

結愛が指で突いた場所は俺の左腕で、ギプスでガッチリ固定されているのだから。

この前、ちょっとした出来事のせいで、俺は左腕の骨にヒビを入れてしまった。

夏休みに入る直前からギプス生活を強いられていたものの、指は動かせるし、腕自体も安静にしていれば痛みもないから、そう深刻な状態ではなかった。

結愛が名雲《なぐも》家に住み込んでいるのは、そんな俺のサポートをするため。

俺の腕の怪我《けが》を、結愛は自分の責任と感じていて、家でも学校でも親身になって助けてくれていたから、申し訳ない気分になることもあったのだが……。

「へぇ〜、なにも感じないんだ？」

にや〜っ、と、結愛が笑みを見せる。

マズい、これ、悪巧みをしている時の顔だ。

「じゃあこっち触っちゃっても大丈夫だよね〜？」

「そこにギプスはないでしょうが！」

腿《もも》に触れようとする結愛を回避するべく、俺はソファから飛《と》び退《の》いた。

「油断も隙もないヤツだ！」

「ちょっと触ろうとしただけじゃん」

「男女逆だからって平気でセクハラしていいわけじゃないんだぞ？」

「慎治、考えすぎじゃない？」

俺が反応すると、結愛はますます楽しそうにする。

「腿触られて〜、なんか困ることあるの？」

結愛は首を傾けながら、俺の顔を覗《のぞ》き込んでくる。

こいつめ、俺の口から言わせようってわけか。

まあ、結愛が俺いじりを始めるのは今更だから、腹が立ったり不快になったりすることはないけどな。結愛がいいヤツだってことは、もうわかっている。

正直なところ、結愛の手助けはありがたかった。

左腕は利《き》き腕《うで》ではないとはいえ、これまでと違う生活を強いられると不便なことが多いからな。

けどなぁ。結愛の新たないじりのバリエーションにするのはやめてほしいかもしれない。

不快なわけじゃなくて、なんかほら、照れくさいんだよ……。

「……いいから、腿に触るのはやめてくれ。代わりに指先ならいいから」

「えー、マジで？」

俺が、右の人差し指を差し出すと、結愛は瞳を輝かせて握りに来た。

なんだか俺が想像した握り方と違う気がするけど。擦《こす》り上げようとするな。

「ていうか結愛、まだ家に戻らないの？」

夏休みが始まってからというもの、結愛は紡希《つむぎ》の部屋で寝泊まりしている。空き部屋はたくさんあるのだからそっち使え、と言っているのだが、結愛は譲らなかった。

元々、結愛が一人暮らしをしているのは、結愛なりに強い決意があってのことだ。

その決意を曲げてまで、俺のサポートのために名雲家にいてくれているのだから、俺からは強くは言えないし、そもそも紡希が結愛と一緒に暮らせて大喜びだから、もはや俺に発言権はなかった。

「だからぁ、慎治の腕が治るまでここにいてあげるって言ってるじゃん」

結愛は、俺の肩に自らの肩をそっと寄せて密着してくる。判断力が鈍りそうだ。

「俺の腕もだいぶ良くなってるんだから、もう気にすることないぞ。あんまり世話になるのも悪いしな」

「シンにぃ、どうして結愛さんに家に帰っちゃうように言うの？」

声は、俺の向かいから聞こえた。

俺の前方には、一人がけのソファに座っている紡希がいて、俺たちの様子をニコニコしながら観察していたのだが、ここに来て急に表情が曇った。

「せっかくだし、ずっとここで暮らしてもらえばいいのに」

「そういうわけにもいかんだろ」

結愛が一人暮らしをしているのは、重大な事情があるのだが……紡希は知らないんだよな。いや、知らなくてもいいことだ。

「慎治の怪我が治らなかったら、一生ここにいられるんだけどな〜」

「急にヤンデレ要素を出すんじゃない」

「冗談だよ。慎治には早く良くなってほしいし……それに……」

「いい、わかったから」

結愛が言いかけるのを止めるように、俺は言った。

落ち込んだ顔をしてほしくなかった。

陽キャで知られる結愛が、決して明るい面ばかり抱えているわけではないことを、俺はもう知っている。この場にいる時くらいは、悩むよりは笑うなり俺をいじるなりして、自然体で過ごしてほしかったのだ。

「俺としては、結愛を使役するのにもだいぶ慣れてきたところがあるからな」

照れくさいあまり、俺はついついそんなことを言ってしまう。まあ結愛に助けられ慣れてきているのは本当のことで、このままでは俺は自立していない存在になってしまいそうだ。

「あっ、シンにぃったら問題発言なんだ」

冷凍庫からアイスクリームを引っ張り出して戻ってきた紡希が言う。

「へー、慎治、私を使い慣れてきたんだ？」

語弊を招く言い方をしてくる結愛は、いつの間にか向かいのソファに移動していて、肘掛けの位置に座って紡希からアイスを一口もらっていた。仲良いな。

「わかったわかった、言葉の綾《あや》だよ。……正直まだ本調子には戻りそうにないし、結愛がうちにいてくれるのは助かるから、ありがたいよ」

俺のことはともかく、紡希が喜ぶし、結愛が紡希のためにしてやれることも多いからな。

「ありがとうが言えるようになったんだから、慎治も変わってきたよね」

「結愛さんのおかげだよね。やっぱり『彼女』の力はすごいんだね」

ありがたいよねー、って言っただけで絶賛の嵐かよ。俺は普段どれだけ感謝の気持ちを忘れた偏屈野郎だと思われてきたんだ……？

「あっ、でもどうしよう」

紡希が、手元のアイスを落としそうになった。

「お盆になったら、結愛さんは？」

名雲家の予定では、お盆に彩夏《あやか》さんの墓参りに行くことになっていた。

彩夏さんが亡《な》くなってから初めて迎えるお盆なので、俺は紡希が落ち込まないか心配しているのだが、こうして自分から話題にできるあたり今のところは大丈夫そうだ。

「お盆？　そっか、紡希ちゃんは……」

結愛も紡希の事情は知っているから、しんみりとした表情をする。

「心配しなくても、その時結愛は自分の家に戻ればいいだけだろ。墓参りったって、すぐ近くなんだし、日帰りで十分なんだから」

湿っぽい空気にはしたくなくて、俺は言った。

彩夏さんのお墓は、紡希が以前住んでいた町の近くにあるから、日帰りで十分な距離だ。結愛が一人ぼっちになることを心配するほど長く家を空けることはないのだが、紡希は気にしているらしい。なんて優しい子なのだろう。

「でも、シンにぃの腕はどうするの？」

なんと、紡希は俺の腕のことまで心配してくれる。

「平気だ。その頃にはもうだいぶ治ってるだろうしな。上手《うま》く行けばギプスだって外れてるかもしれないし」

だから不安そうな顔をするな。俺は紡希の優しい気持ちだけでありがたいんだから。

「なんだったら、紡希が俺のサポートをしてくれちゃってもいいんだぞ？」

「ダメだよ、そういうのは結愛さんにやってもらわないと。怪我をいいことに結愛さんにえっちなお願いできなくなるじゃん！」

「俺、そんなことするイメージある？」

紡希は俺をどういう目で見ているのだろう？　俺ほど健全な男子はいないんだけどなぁ。結愛と二度もお泊まりしたのに性的な接触は皆無だったしさ。いやこれはこれで問題か？

「まー、慎治からえっちなお願いされちゃうのも魅力的だけどさー」

魅力的とか言うな。勘違いしそうになるから……。

「慎治と紡希ちゃんがお盆でいなくなる時は、私も、実家にちょっと戻るから。私のことは気にしないでいいよ」

紡希はピンと来ていない感じだが、俺は多少ピリついてしまった。

結愛の実家。

結愛はこの夏の間、不仲な両親のところへ戻るつもりらしい。

気にしないで、と言われたって無理だ。

「そうか、実家……帰る気なのか」

それとなく俺は訊《たず》ねてみる。紡希の前で、結愛の両親の話をしたくなかった。

「そりゃたまには私だって、元気なことを報告しに行くくらいのことはするよ」

穏やかな笑みを浮かべて、結愛が言った。

結愛は、両親とは不仲だ。こんな表情をして、元気なことを報告しに行く相手としてはそぐわないように思えた。

「……大事な人のお墓参りには、ちゃんと行きたいからね」

そんな結愛の口ぶりから、両親に会うのではなく、祖父母のお墓参りが目的なのだろう、と見当をつけた。

穏やかさと、いくらかの寂しさが混じった表情から察するに、祖父母には気を許していたのだろう。

「だから、安心して兄妹《きょうだい》水入らずで行ってきてよ。仲良くお出かけできるなんて最高じゃん」

あっ、慎治のお父さんも一緒に行くんだっけ？　と結愛は微笑《ほほえ》むのだが、一瞬だけ寂しそうな顔をしたことを俺は見逃さなかった。

そうだよな。置いてけぼりを食《く》らった感は、どうしてもあるよな。

もはや結愛は、名雲家の一員も同然だ。頻繁に我が家に来ていただけの春とは違って、今となっては名雲家で生活しているわけで、うちに対する愛着は強まっているだろうから。

結愛も一緒に来いよ、とは言えなかった。

あまり名雲家の問題を結愛に背負わせたくなかったのだ。

結愛は結愛で、両親のことで悩んでいるのだ。頼り切りになったら疲弊してしまう。結愛は別に、完璧超人ではないのだから。

結愛が無事に帰ってきたら、その時は俺と紡希で温かく迎えてやろう。

長くて短いようで、やっぱり短い夏休みが始まったばかりの頃、俺はそう思うのだった。

■第一章【俺のサマースラムが始まる】

◆1【俺は真面目に勉強したい】

『夏休み』から、何を連想するだろうか？

俺がまっさきに思い浮かべるのは、山のように出される宿題だ。

誰からも嫌悪《けんお》され、夏休みの汚点のように扱われ、始業式直前まで遠くに追いやられる印象が強い宿題イベントだが、俺はこいつに感謝していた。

宿題に取り掛かっている時だけは、夏休みを有意義に過ごす感覚を味わえるからな。

出かける予定のないぼっちの言い訳になるから、という理由で好きなわけじゃないぞ。

自分の力を発揮できる機会がある喜びから、俺は昔から夏休み開始早々に宿題を片付けてしまっていた。

当然、今年もそうするつもりだったのだが……。

「ねぇ慎治《しんじ》～。見て見て、私両手でペン回しできるんだよ？」

俺の部屋にいて、丸いローテーブルの前に陣取った結愛《ゆあ》が、両手にそれぞれペンを挟んでくるくる回す、というどうでもいいパフォーマンスを始める。

金色に近い栗色《くりいろ》の長い髪に、夏場だろうと日に焼ける気配のない艶《なま》めかしい白い肌をして、メイクにより気の強そうな印象を受けるクラスメートのギャルだ。

「これヤバくない？」

「どうでもよすぎてヤバい」

「慎治、ちゃんと見てくれてないじゃん～」

結愛の向かいの位置に座り、宿題のプリントを広げている俺は、義理で一瞬視線を向けたのを最後に興味を失っていたのだが、結愛の手で頭の位置を修正され、強制的に手元を見るハメになる。

「もう一回やってあげるから見ててよね」

やたらとカラフルでキラキラした爪から爪へと渡り歩くように、シャーペンがうねうね回りながら移動していく。

「結愛、さては飽きたな？」

「飽きてないってば」

こいつ……とうとうペンを鼻と唇で挟み始めた。完全に飽きてるじゃねぇか。

まあ、結愛の気持ちもわからないではないのだ。

結愛は、夏休み前最後のテストで、とても頑張った。

苦手な理系科目で、赤点どころか平均点超えを達成するまで学力を上げたのだ。

俺も、どちらかといえば文系の人間だから、苦手な科目で結果を出すことがどれだけ大変か理解できる。

今の結愛は、そんな大きな困難を一つ乗り越えて間もない状況なわけで、軽い燃え尽き症候群的な状態なのだろう。

夏休みの初週に宿題を仕上げてしまうのは、あくまで俺のペースだ。無理して結愛を巻き込むことはない。

だが、勉強に対してやる気を見せないことは、この場では問題があった。

肩を越す程度の長さの黒髪に天使の輪みたいな輝きが浮かんでいる、可愛《かわい》らしく小柄な義妹も、この場にいるからだ。

そんな紡希《つむぎ》は、結愛の隣で、別の折りたたみローテーブルを持ち出してきて勉強道具を広げていた。

成績優秀な紡希だが、マメなタイプではないので、本来なら宿題を片付けるのはもっとギリギリになってからだ。

結愛も一緒だから、と言えば、紡希も早く宿題を片付けると思って誘ったわけだが、結愛のモチベーションの低さに引っ張られているように見えた。

マズいなぁ。俺の狙いは裏目に出たか。

「シンにぃ、結愛さんにはご褒美《ほうび》が必要なんじゃない？」

紡希が言った。

「それよ。紡希ちゃんナイス」

立てた親指を紡希に向ける結愛。

余計なこと言ってくれたなぁ……。ただ、燃え尽き症候群気味の結愛を奮い立たせるには、それなりの対価を支払うべきなのかもしれない。

「……じゃあ結愛は、何が欲しいんだ？」

「えーっとねぇ、私はねぇ」

急に甘ったるい声を出しながら、結愛が俺の隣にやってくる。

結愛が床に座ると同時に、夏場に似つかわしくない甘く爽やかな匂いがした。

夏場の結愛の私服は露出度が高いこともあって、隣に来られたら鼓動のペースがおかしくなる。これ、一生慣れることはなさそうだ。……いやいや、なんで一生添い遂げることまで考えてるんだよ、飛躍しすぎでしょうが。

「私がこの辺の問題解いたら、慎治が――」

結愛が、ろくでもないことを考えていると容易に推測できる顔で提案しかけた時だ。

「じゃあ、結愛さんが一問正解するごとにシンにぃがちゅーしちゃえば？」

紡希は、ウキウキとした顔で、キスの大安売りを提案してくる。

「それか、問題解いてる間は、シンにぃがずーっと結愛さんのほっぺにちゅーしてるの」

「さすがにそれはホラーすぎる光景だろ」

俺は頬に吸い付いて生気を奪っていく妖怪かなんかか？

妙な光景を想像させるなよな、結愛だってドン引きだろうな、と思いながら、恐る恐る様子をうかがうのだが。

「それ、いいね！」

「よくねぇわ」

なんで目を輝かせているんだよ。

「結愛。隣に頬吸い妖怪がいて勉強なんてできるのか？」

「そりゃできるでしょ」

「…………」

どうやら俺と結愛との間には、大きな感覚のズレがあるらしい。この数ヶ月で、だいぶその辺のすり合わせはできていると思っていたんだけど。まだまだ結愛は、未知の存在みたいだ。

「あ、でも～、紡希ちゃんの案もいいけど、私の案も捨てがたいんだよねー」

結愛は、あぐらをかいていた俺の股に座る暴挙に出た。

「これよ！」

「俺を人間椅子扱いするな」

俺は慌てて腰を引こうとするのだが、結愛の尻がすっぽりハマって動けやしない。

この日から俺は、三角巾で吊《つ》るすことなくギプスだけで生活していいことになっていたのだが、ギプスに背中を押し付けないように気をつけるのなら尻を押し付けることにも気をつけてほしかった。

「カーペットに座ってたからさー、お尻痛くて。これなら座り心地最高だし、勉強にだって集中できるよ～」

「んもう、ゆらゆら動くなよ！」

過剰な刺激を与えるのはやめろ。

「慎治がなにか言ってくれたら、代わりに私が書くから」

「俺、別に自動手記人形は欲《ほっ》してないんだよな」

ていうか、結愛がペンの先を向けてるプリント、俺のじゃなくて結愛のじゃないか。さり気なく俺に解かせようとするんじゃない。

「とりあえず、そこから降りてくれ。俺の左腕にも悪いから……」

結愛は、器用なことに、俺の左腕に問題がないように気を遣って座っていたくらいだから、俺がそう言うとあっさりと退《ど》いてくれた。

「慎治分補給してちょっとやる気出たかも」

「相変わらず結愛の基準はよくわからん」

結愛のパラメータが数値化されて表示されるようになればいいのに、と思うことがあるよ。だからといって、俺が対処できるとも限らないんだけどな。

「これであと一問くらいなら解けるよ！」

「どうやら俺の影響力はたいしたことないようだな」

まあちょっとでも結愛がやる気になってくれたのならそれでいいか、いっそ休憩にするのもいいかもしれない、と混乱が残った頭で考えていた時だ。

「じゃあ、お邪魔な人は消えちゃうね！　わたしは隣の部屋にいるから！」

「紡希、どさくさに紛れて勉強から逃げようとしてるだろ？」

そそくさと勉強道具を片付けかけた紡希の腕を摑《つか》み、俺は言った。

「あら？　慎治兄さんはせっかく二人きりにしてあげようという気遣いにも気づかないほ

ど愚かなのかしら？」

肩にかかった髪を払うような仕草をする紡希。そこまで髪長くないっていうのにな。

「そのキャラやめろ。家ではやめろよな……」

紡希は、学校では不自然なくらい大人ぶったキャラを演じているらしい。ちょっとしたことでキャラが崩壊するくらいブレブレの設定なのだが、親友の百花《ももか》ちゃんが上手《うま》くフォローしてくれるおかげで、同級生女子のリスペクトを集め続けているようだ。俺としては、紡希には家だろうと学校だろうと自然体でいてほしいんだけど。

「でも～、シンにぃだってホントは結愛さんと二人っきりの方がいいんでしょ？」

元の紡希に戻り、俺の腕を摑み返してぶんぶん振ってくる。

「それは……」

未《いま》だに紡希は、俺と結愛を恋人同士だと思っている。

だからこそ、ここぞとばかりに結愛とイチャつけるような提案ばかりしてくるのだ。

いくら恥ずかしいからといって、あまり紡希の提案を却下してばかりいると、俺と結愛が実は付き合ってすらいないのだとバレてしまうかもしれない。

「えー、紡希ちゃんも一緒にいようよ」

結愛が紡希を引き止める。

「慎治とイチャつくのはいつだってできるし。それにまだ昼間だし」

昼間だからなんなんだよ……。答えを聞くのが怖いから、突っ込んだ質問はしないが。

それはそれとして、紡希を引き止めた結愛の意図はわかったし、俺と同じ気持ちでいるようだ。

紡希が安心できる場をつくるために、俺たちは『恋人』のフリをしているのだ。だから紡希にも、この場に一緒にいてほしかった。

「そうだ。紡希ちゃん、ここ来る?」

結愛が、俺の隣に紡希が入れるだけのスペースを空けた。

紡希は、少しの間だけ、俺と結愛の表情を見比べていたのだが。

「うん」

照れくさそうな顔で頷《うなず》くと、俺と結愛の間にすっぽり収まった。

丸いローテーブルはそう広くないだけに、三人一斉に勉強道具を広げれば窮屈になってしまうのだが、結愛も紡希も、むしろ集中力が増したように見えた。

もしかしたら紡希は、俺と結愛を恋人同士だと思うことで、疎外感みたいなものを感じていたのかもしれない。

俺は、結愛とは紡希のための『恋人』関係と思っているのだけれど……果たして本当に

100%紡希のためと言い切れるのだろうか？

とはいえ、宿題の問題集と向き合う紡希の横で、こちらに視線を送りながら、「上手くいったね」と言いたそうな得意気な顔の結愛を見ていると、今更、単なる友達として振舞うのも残念というか寂しいというか……何だかモヤッとしてしまうのだった。

◆2【面と接する】

働かざる者食うべからず。

学生である俺にはピンとこないのだが、それは親元にいて、生活がかかったガチの経済活動とは無縁でいられる「子ども」だからだ。

そう甘いことを言っていられない人間がいた。

結愛だ。

結愛は、不仲な両親から離れて一人暮らしをしている上に、最低限の生活費以外は自分で賄うことに決めている。

一年生の頃の結愛は、ほぼ絶え間なくバイトをしていたらしいのだが、名雲《なぐも》家と関わるようになってからは、俺や紡希のために時間を割いてくれたせいで、バイトをしていなかった。

結愛が自分自身の生活のためにバイトを再開することには、俺も賛成だった。

怪我《けが》をした俺のサポートという名目で名雲家に滞在しているとはいえ、俺はもうギプスだけになって身軽になったし、結愛に頼り切りになるわけにもいかないからな。結愛の事情を知っている俺が、足を引っ張るようなことをしたくはない。

夏休みに入る少し前から、結愛はいくつかバイトの面接を受けていたようなのだが。

「受かったわー」

スマホ片手に、結愛がリビングにやってくる。

「これで全戦全勝っすわ」

ソファに座ってくつろいでいた俺と紡希にVの字を向けてくる。

「結愛、なんか別の勝負始めてない？」

絶対王者の風格を漂わせて、俺の隣に腰掛ける結愛に言った。

「でも、よくそんな簡単に受かるな……」

俺は、結愛の戦績に驚くあまり、ちょっと引いていた。

受けた面接全部受かるって……バイトとはいえ、コミュ力があるヤツでも普通に落ちる難関と聞くけれど、いったい結愛はどんな技を使ったんだ？

「面接の最中に告白とかされなかった？」

　結愛なら何だってありえる、という考えに支配されていたせいで、ついつい頭の悪い質問を口にしてしまった時にはもう遅かった。

「慎治〜、ヤキモチっすか？」

　にや〜っとした笑みの結愛に顔を覗《のぞ》き込まれてしまう。

　ほら、こうなるんだよ。

「違う、ちょっと心配しただけだ。ほら、面接っていうのは受け入れられるかどうかの勝負だろ？　ある意味告白みたいなもんだし、向こうが勘違いして面倒なことに巻き込まれたんじゃないかと思ったんだよ」

　よせばいいのに、俺は余計なことを言ってしまう。

　俺は視線をそらすのだが、その先には紡希がいた。

「シンにぃ、結愛さんを他の人に取られちゃったらヤダなーって思っちゃったんだよね？」

　ニヤニヤを避けた先には新たなニヤニヤが待ち構えていたわけ。

「面接しただけでそんな心配しちゃうなんて、シンにぃってば独占欲強いんだ」

　紡希め、結愛の変なところだけ真似《まね》するようになりやがって……。

いくら憧れているからって全部真似しようとするんじゃない、と言いたいところだったけれど、嬉《うれ》しそうな紡希を前にすると注意なんてできやしない。

「ほーら慎治、やっぱりそうなんじゃ～ん」

「それ、紡希の感想だからな？　俺の意見じゃないぞ」

勘違いした結愛が、瞳を輝かせて俺に迫ってくる。

「そうだ、シンにぃ。そこまで嫉妬しちゃうなら、結愛さんの面接受けたら？」

急に紡希がおかしな提案を始める。

「それいいね。慎治、やろ？」

紡希に同意した結愛が、俺の右手を握って首を傾けてくる。

女子だけのフィーリングで結託しやがる。どうしてそうなるのかわからなすぎて怖い。

「結愛の面接って……意味わからないんだが」

「簡単だよ。結愛さんのどこを好きになったのか言えばいいだけだから」

とんでもなく難しい面接であることを、紡希が示唆する。

「はいスタート」

パチンと両手を鳴らし、紡希は鑑賞モードに入った。

「慎治が私を希望した理由はなんですか？」

早速質問をぶつけてくる結愛。ヤバいだろ。もっと疑問を感じろ。なんでまったくためらいなく始めてるんだよ。俺がおかしいのかと錯覚しちゃうでしょうが。

おふざけとはいえ、不審な行動を取れば、紡希に俺と結愛の仲を疑われてしまう。

それに恥ずかしいからといって、拒絶したり逃亡を図ったりしてしまうほど、もはや結愛との付き合いは浅くはない。

「……俺が結愛を希望した理由は、派手な見た目と違って家庭的だし俺じゃ気づかないところまでよく気がつくし、紡希にも優しいし、一緒にいればそれまでできなかったこともできるようになるしで、なんだかんだで俺にとって必要な人だから……です」

真正面から事実を述べた。

これは観察の結果であり客観的な評価だ、と、通信簿にコメントを記入する気分で述べたことにより、多少照れから逃れることができた。

「へ、へぇ～、言うねぇ」

無関心風な返事をする結愛だったけれど、頬には赤みが差していたし、体もぐね～っと曲がってソファの背もたれとは反対方向に頭が傾いていた。

「慎治も言うようになったじゃん」

「おい、落ちるぞ……」

ぐねん、と曲がった腰のせいで、頭から床に転落しそうだったので、俺は慌てて右手を使って首を支えた。首の熱が手のひらに伝わって、遅れてやってきた冷たい髪の感触が心地よかった。

「シンにぃ、結愛さんをくねくねにさせちゃうくらい、結愛さんのこと好きなんだね」

紡希は、我が事のように嬉しそうだった。

今更『別に結愛のことなんか好きじゃねーし！』だなんて突っ張る気はない。

恋愛感情的な意味での「好き」かどうかは置いておいて、結愛が俺にとって重要な人間なことは確かだから。結愛と関わるようになって以降、いい変化は数え切れないくらい起きた。

結愛の身近な男子の中で、俺が一番結愛を理解することから近い位置にいる自負もある。一時的とはいえ一緒に暮らしているわけだしな。単なるクラスメートには見ることができない景色を、俺は目にしているのだ。

何より、結愛の家族の事情は、俺を除けば桜咲《おうさき》くらいしか知らないだろうし。

そこまで結愛のことを知ってしまっている以上、紡希の意見を否定できないんだよな。

「慎治さぁ、もう一回言ってもいいんだよ？」

結愛は、ソファに上半身だけ乗ったような状態で、ぐでん、と下半身を床に投げ出すというだらしない格好をしていた。へそ、見えてるぞ。

おかわりを要求されると、何だか恥ずかしくなるな。その場の勢いでしか言えないことというのもある。

「それで、俺の面接の結果はどうなったんだ？」

誤魔化しついでに結果を急《せ》かすことにする。

「シンにぃ、結果出るのはまだだよ。今のは一次面接だもん」

傍観勢の義妹が、厄介事を持ち出してくる。

「二次面接は、結愛さんにちゅーしちゃうことだよ」

「紡希は面接の意味を履き違えてるみたいだな」

面に接する、という文字通り顔に接近することと勘違いしちゃっているんだろうな。

「ていうか、やるにしてもそれで二次なの？」

じゃあ最後にはどんなとんでもないことが控えているんだ？

「面接の最後は結愛さんに『結婚して』って言うことだから」

「面接のフローでプロポーズさせようとするんじゃない」

やべー。このままホイホイ言うこと聞いていたらとんでもないことになっていたぞ。

「だって、結愛さんに受け入れてもらって初めて合格だもん」

紡希が言った。

ままごとみたいなノリで始めてしまったのだが、思いの外、紡希としては本気だったらしい。

「そういうのは、もう少ししてからな……」

「えー、慎治ぃ、私と結婚してくれないのぉ？」

結愛が抗議の声を上げる風のいじりをしてくる。声が甘ったるいんだよ。

「ソファを補助にしてマトリックス避《よ》けみたいなことしてる女の子とはちょっとなぁ」

「ほーら、もうしてないよ？」

俺の腿《もも》を両手で支えるかたちで身を乗り出してくる結愛。Tシャツが重力に負けているせいで首元から谷間が見えちゃうんだわ。

胸を地球に引っ張られながらも、結愛は唇を俺の耳元へと寄せる。

「これで結婚できるね？」

囁《ささや》くものだからさあ大変。

紡希に聞かせる意図がない音量だったことから、ついつい本気にしてしまいそうになる。

おまけに結愛は、俺の右の腿に跨《また》がってしまうものだから、俺も気が動転していたわけ。

「まだ二次面接が終わってないだろうが」

「おっ、じゃあキスすれば結婚ってことでオーケー？」

「よくないんだよなぁ」

「んもう、シンにぃ、もっと真面目に面接して！」

紡希のお叱りが飛んでくる。

紡希には一度、面接が何なのか辞書を引いてもらう必要があるな。

「じゃあ慎治、早く面接しちゃお？」

悪ノリする結愛も、俺の首に腕を回してきて、とうとう面接を性のにおいがするワードに上書きし始めた。もっと言葉を大事にして。

流石《さすが》に紡希がいる前で、キスすることも、結婚を決めることもできるわけがなく。

「それより結愛、どこでバイトすることにしたんだよ？　今は俺の面接なんかより、そっちの方が大事だろ？」

目下名雲家にとって無関係ではない、結愛の決断を聞き出そうと、話を変えるのだった。

◆3【夏の名雲家】

たんなる苦し紛れではなく、結愛のバイト先を気にしていたのは本当のことだ。

別に嫉妬しているわけじゃないが、学校内では数多《あまた》の男子に告白され、以前プールに行った時も大学生風の男たちにナンパされた結愛のことだ。男が多い現場でバイトするとなったら、何かと面倒な目に遭うのでは？　と心配してしまう。

「バイト先ならもう決めてるよ。さっき連絡くれたトコが本命だったんだよね」

この時になると、結愛もちゃんとソファに座り、俺の隣にいた。スマホのフォトアプリを開き、店内の写真を見せてくれる。

結愛が撮ってきたらしい何枚かの写真を見る限り、懸念《けねん》する必要はなさそうに思えた。照明は暖かな印象だし、木目調の内装も穏やかな雰囲気で、とても感じがよかった。

ただ、気になることはあった。

「結愛、これ……酒場じゃない？」

俺がそう判断したのは、バーカウンターらしきものが見えたからだ。

「お酒も出すから居酒屋といえばそうなんだけど、それって夜だけだし、昼間はちょっと意識高いカフェみたいなもんだから、高校生でも大丈夫っぽいよ。その辺はちゃんと店長に確認取ったし」

「へえ、店長に……」

「大丈夫だってー、店長は女の人だから～」

俺の背中をさすりながら、肩に頬を寄せてくる結愛。

「いや俺そんなことぜんぜん気にしてなかったんだけど？」

「顔に出ちゃってんですけどー？」

結愛に眉間を人差し指で突《つつ》かれてしまう。秘孔を突こうとするな。

「ほーんと慎治って心配性だよね」

結愛は笑うのだが、心配性で済ませてくれたのは結愛の気遣いかもしれない。束縛が強い、とか嫉妬深いよね、とか、ネガティブなことを言われなくてホッとしてしまう。

「違う違う。勘違いするな。結愛じゃなくて、紡希がバイトする時のことを考えてたんだ。店長は同性がいいなーってな。ほら、バイト先の店長は従業員に手を出す危険人物だろ？」

「だろ？　って店長あるあるみたいに振られてもさぁ。偏見すごいねーとしか思えないんだけど」

結愛に呆《あき》れられてしまった。

「ま、慎治はバイトしたことないから、知らなくてもしょうがないよねー」

「労働経験があるのをいいことにマウント取ってきやがる……」

俺を労働貞と揶揄《やゆ》するなよな。

「シンにぃ。なんかわたしのこと気にしてるみたいだけど、わたし、初めてのお給料は百花のアシスタント代って決めてるの」

紡希が言った。

百花なる人物は、紡希の親友であり最大の理解者であり協力者でもある。とても穏やかな優しい子であり、イラストを得意としていた。強いて欠点を挙げるとすれば、強烈なプロレスオタクを姉に持っているということくらいだろう。百花ちゃんからすればいい姉なのだろうけどな。

「百花はマンガを描きたがってるから。手伝わない？　って誘われてて」

「それはバイトっていうより……まあ仲良しの百花ちゃんが誘ってくれるなら、それはそれでいいことだな」

紡希がマンガの戦力になれるのかどうかは知らないが。絵を描く習慣はないはずだし、特に美術の成績がいいとも聞いていないから。

百花ちゃんはまだ中学生だから、アシスタント代を出すと言っても賃金代わりのお菓子とかだろうな。金銭のやりとりではないとはいえ、労働の対価として何かを受け取るのは経済活動の訓練になるから俺としてはアリだ。

結愛みたいな事情があるのならともかく、紡希は無理をしてバイトをすることはあるまい。俺だってしていないわけだし。まあ、紡希が何かしら新しい挑戦としてバイトを選ぶのなら、俺も強く否定はできないのだが。

紡希のことだと誤魔化したものの、結愛の心配をしていたのは本当で、店長が女性なのは安心材料だった。

結愛はとにかくモテるからな。写真で見る限りでは、従業員も女性ばかりだし、職場の仲間に告白されて人間関係を崩壊させるようなことにはなるまい。

「……慎治、なんか失礼なこと考えてない？」

ジト目の結愛が俺の顔を覗《のぞ》き込んでくる。

「いや、普通に心配してただけだぞ？」

「どーせ私が告白されまくって職場の雰囲気最悪にしたらどうするんだろう、とか考えてたんでしょ？」

ぐぬ……１００％の正解を出してきやがる……。

「まーそういう心配されんの見越して女子率高いトコ受けてきたんだから、安心してよ」

何だか、俺の気づかないところで結愛には気を遣わせてしまっているみたいだ。いやこの場合は、結愛の自衛の意味もあるのか。

「そんなわけで、一日中慎治のサポートするってわけにいかなくなっちゃったけど……」

そんな申し訳なさそうな顔するなよな。

「おかげさまで、ほぼ右腕オンリーな生活にも慣れてきたから、心置きなく労働してくれていいぞ。結愛の夏休みは俺だけのためにあるわけじゃないしな。結愛は結愛の夏休みを楽しんでくれよ」

俺は言った。

「そういう風に言われちゃうと、慎治を放っておけなくなっちゃうんだよねー」

気前いい風を装《よそお》ってみたけれど、逆効果だったみたい。

「それにしても、結愛が喫茶店か」

俺は結愛からスマホを借り、結愛が撮ってきたバイト先の写真を指先で繰っていく。

「なんか、結愛には合ってる感じするよな」

俺と会うよりも前にバイトしていたらしいスーパーのレジ係よりは、席から席へと飛び回って元気に接客する姿の方が、ずっとしっくりときた。教室で見かける姿に近いからかもしれない。

「……いい職場になるといいな」

独り言みたいに、俺は言った。

家族仲が不安定な結愛には、安心できる場所が一箇所でも増えてほしかった。もちろん、その中の一番は俺たちのそばであればいいとも思っていたけれど。

「ふへっ、あー、マジかー……」

なんだか気持ち悪い笑い声を上げたヤツがいたものだから、ふと隣に視線を向けると、だらしない笑みを浮かべる結愛がいた。

「私、慎治からそういうこと言ってもらえるって思ってなかった」

どうやら、独り言が聞かれてしまっていたらしい。

「めっちゃ心配してくれてるんだね！」

今日イチの瞳の輝きで、結愛がごろついてきた。

「そりゃ、俺だって心配することはあるぞ……」

俺はいったいどれだけ冷徹な男と思われていたのだろう？

両親と不仲な結愛なだけに、ちょっとでも心配されると喜んでしまうチョロいところがあるのかもしれない。

結愛の両親のことは、まだまだわからないところが多い。

結愛から聞く限りでは、両親がいる実家にいたくないから一人暮らしをしている、ということで家を飛び出したらしいのだが、最低限の生活費は出してもらっているし、住んでいるマンションは上等だったし、結愛に困窮した様子は見当たらなかった。

マンションや家具など、親が用意したものを、結愛は『親の見栄《みえ》』と言い切っていたのだが、捉えようによっては、娘が安心して過ごせるように配慮しているようにも思える。

もしかしたら、実は高良井《たからい》家の家族仲は悪くはないのでは？　とすら思ってしまう。

結愛の言い分を信じてやりたい気持ちは強いけれど、どうしても疑問は湧くのだ。

例えば、結愛自身に何らかの負い目があって、家族仲が悪いように見えてしまっている……とか？

「ねー、慎治、なに考えてるの？」

そんな考え事をしていると、結愛が俺の右腕に抱きついて、ねだるように揺すってきた。

「きっと結愛さんのことだよね。一日中結愛さんと一緒にいるんだもん。もう頭の中結愛さんでいっぱいなんだよ」

紡希は、両手を大きく広げて、い〜っぱい！　みたいな仕草をする。

「紡希のことだって、ちゃんと考えてるぞ？」

結愛のことばかり考えているかどうかは別として、紡希のことを疎《おろそ》かにしてはいない、という意思表明はしておかなければならない。

理解してくれる親友がいて、学校では上手《うま》くやっているように見える紡希も、まだまだ不安定なところにいるのだから。

特に、お盆が近づいてからは、どうしても母親である彩夏《あやか》さんのことを思い出してしまうのか、時折寂しそうにしているように見える気がするし。

「んもー、わたしのことはいいの！　結愛さんのこともっと見て！」

紡希が、両手のひらを突き出して俺へと突進してくる。

結愛のことを気にしろ、というわりには、俺に濃厚な接触を試みる紡希を好ましく思ってしまう。でも、俺の両頰を手で挟み込んで無理やり結愛の方を向かせようとするのはやめてくれよな。首がねじ切れちゃうぞ……。

「んふ、マジで最高なんですけど」

そんな紡希を前にして、結愛はホクホク顔だった。

「めっちゃ尊いわー」

百花ちゃんとの関わりの中でラーニングした言葉を吐き出してくる結愛。

「最近気づいたんだけどー、私、慎治と紡希ちゃんが兄妹《きょうだい》でわちゃわちゃしてるとこ見るのめっちゃ好きかも」

「なんだよ、傍観者気取りやがって……」

俺たちは見世物じゃないんだぞ。

「そうだよ、シンにぃが言ったみたいに、結愛さんも交ざればいいんだよ」

俺とは意図を共有していないらしい紡希が、妙な提案をする。

別に俺は、『結愛は傍観する側じゃないだろ、もう名雲家の人間なんだからこっち来て一緒にわちゃわちゃしようや……』と誘いたかったわけじゃない。

「うーん、私が交ざっちゃうとさぁ、こう、いい感じになってる絵から変わっちゃうかなぁって思うんだよね」

結愛にしては不思議なくらい遠慮がちだった。

いつもだったら、紡希から誘われれば、『マジで？　行くー』だとか言って、すぐさま乗っかるのにな。

「なんだ？　俺たち兄妹はそんなに絵になるのか？」

俺はともかくとして、紡希は芸術的な存在だからな。いるだけでその場がアートよ。何言ってるのか俺もよくわからないが、とにかく凄《すご》いんだよ。

「大丈夫！　結愛さんがいれば中和されて、もっといい絵になるから！」

「紡希……？」

それ、俺を不純物扱いしてるってことでは？

「そうだね、私が交ざった方がよくなるかも」

「結愛までさぁ」

なんだか落ち込んじゃうなぁ。確かに、紡希や結愛みたいなパッと見でわかりやすく美形なビジュアルはしてないけどさー。

「なに落ち込んじゃってんの、冗談だよ」

「シンにぃは結愛さんに交ざってほしくなかったの？」

俺を挟み込むようにソファに座った、結愛と紡希がそれぞれ言う。紡希は俺の右手側にいて、結愛は反対方向だ。俺の左腕に差《さ》し障《さわ》らないように気をつけながら寄りかかっていた。

「俺みたいなヤツに陽キャの複雑なコミュニケーションを持ち込まないでくれよな」

真に受けちゃうんスわ。

まあ、紡希が俺を煙たがっているわけではないことは、俺にしっかり寄りかかってくれていることからわかる。

「そうだ、写真撮っていい？」

結愛が尻のポケットからスマホを取り出す。

「この前撮った写真から、そろそろ壁紙変えたいなーって思ってて。でも変えるなら三人一緒の写真がいいから、新しいの撮りたかったんだよね」

結愛と関わるようになって間もない頃、紡希のスマホを機種変したついでに三人で写真を撮ったことがあった。

「あれ、結愛はまだあの時の写真壁紙にしてたのか？」

「慎治、違うのにしちゃったの？」

「わたしもしてるのにー」

驚く結愛の反対側で、紡希がほっぺたを膨らませながら、ホーム画面を開いたスマホを掲げて抗議してくる。

「……いや、俺もだけどさ」

バツが悪い顔で、俺は二人にスマホを見せた。

俺と結愛に関わりがあることは、一部のクラスメート以外には秘密だから、学校でスマホを使うのにかなりの注意が必要で、面倒にはなるのだが、それを承知で三人で撮った写真を壁紙として使い続けていた。

結愛も、紡希も、見ていると安心できるいい顔をしていたからな。元々結愛経由で送られてきた写真だから、女子陣はともかく俺まで加工済みで、ちょっと変な気分にはなるが。

学校内で唯一俺と結愛の関わりを知っている桜咲には、隣の席ということもあって何度か見られてしまっているのだが、『ふん、見せつけてくれちゃって！　なにその最高のスリーショット！　狼《おおかみ》軍団みたいじゃん！』と、妙な悔しがり方をされてしまった。

「じゃあ、新しいの撮って壁紙アップデートしちゃおうよ」

そう言いながら、結愛はスマホのインカメラを向けてくる。

もはや二人ともすっかり撮影モードに入っているが、俺は負傷中なわけで、そんな痛々しい姿を壁紙にするのはどうしたものだろう？

まあ、いいか。これはこれで名誉の負傷とも言えるからな。結愛を守った証《あかし》だ。

結愛は、自分を上手くフレームに収めるべく、俺の側に更に寄ってくる。俺の腕に配慮しているからなのか、俺の左肩にそっと頭を乗せるような配置を取っていた。マズい。なんだか照れくさいし頬の筋肉が緩んでいる自覚がある。これ、とんでもなくだらしない顔で写真に残りそうだ……。

この調子だと、以前撮影した写真と比べて、親密度が増している一枚になりそうだ。結愛は今回のやつも壁紙にするのだろうし、クラスの友人から見られたらどう言い訳するのだろう？

そこを発端にクラス中に伝播《でんぱ》し、結愛と親しいことがクラスメートにバレた時のことを思うと、未《いま》だに多少の不安はある。

それでも、今となっては、クラスメートにバレるリスクよりも、結愛と無関係なフリをしてコソコソする方が、すっきりしない気分になるのだ。

結愛と仲良くなったことを隠すのは、結愛に悪いしな。

「じゃ、撮るからねー。みんな決め顔してよー」

そうして、カメラマン結愛の手により、俺たち三人の新たな写真が撮影された。

「――はい、慎治の分も送ったよ」

結愛から届いた写真を開くと、また加工されていて、俺はやたらと美肌になっていた。

「今度は、秋になったら撮ろうよ」

ホーム画面の設定を終え、満足顔の結愛が言う。

「まさか四季でシリーズにするつもりか？」

「いいね！　秋のカッコでも撮れるし、冬のカッコでも撮れちゃうよね！」

疑問を呈する俺と違って、紡希はノリ気だ。こういう細かなところできっちり紡希の心を摑《つか》むから、俺より結愛に懐《なつ》くようになっちゃうんだよなぁ。

どうやら、この壁紙撮影会は季節の変わり目の恒例行事になるらしい。賛成二人に疑問が一人では、多数決の原理を前に俺も意見を変えるしかあるまい。

結愛の家族の事情は心配だし、気にしてもいた。

結愛にも思うところがあるから、俺に打ち明けてくれたのだろうし。

だが、家族の事情が特殊な俺は、他人から決めつけられて何かを言われるのが嫌なことを、経験で知っている。

仲良くなっているとはいえ、結愛だって、下手に踏み込まれたくない領域はあるわけで、似たような事情を持っているからといってズカズカ入り込むわけにはいかない。

……俺だって、他人から母親の事情に触れられるのは、できることなら避けたいからな。

結愛が自分から言い出したくなるまで、待つしかあるまい。

気長に待てばいいのだ。

幸い、結愛は自ら、秋どころか冬まで猶予があることを宣言してくれたわけだしな。

◆4【庭ビーチ】

夏といえば、プールである。

紡希によりよい夏の思い出をつくるべく、いかにも夏らしい場所へ連れて行く使命が、俺にはあった。

夏休みに入る前に、一度巨大なアミューズメント系プールに行ったことがあるとはいえ、あの時はまだ初夏だった。夏真っ盛りで超暑い今だからこそ、夏の思い出として強烈に焼き付くはず。いい思い出をつくるには、季節の情緒だって無視するわけにはいかない。

だというのに、あいにく俺の左腕はギプスで固められたままだ。

これでは……プールに連れて行くことができないじゃないか。

「くそう、くそう……」

左腕を抱え、悔しさを噛《か》みしめる俺は、自宅の庭にいた。

親父《おやじ》の功績を自分の手柄にするつもりはないが、我が家の庭は超広い。それこそ、アメリカの家庭でよく見られるような身近な人を招いてのバーベキューパーティーができるくらいの敷地《しきち》を確保していた。

「こんなことなら、親父に頼んでプールもつくっておくべきだったんだ……！」

パッパの権力を盾にイキり散らすダメ息子の悪役みたいなことを口にしてしまう。

「いいじゃん、慎治。プライベートなプールもめっちゃいいと思うよ？」

アウトドアチェアに座る俺の隣で、同じくアウトドアチェアをリクライニングさせて寝そべる結愛が言った。

「プライベートプールってお前……ずいぶん上等な言い方するんだな。これだぞ？」

俺たちの目の前には、ビニールプールがあった。

幼児の水遊びでお馴染《なじ》みの、膨らませて使う例のプールである。

大人から言わせてもらえば、こんなのプールじゃない……プールっていうのはさぁ、もっと深くて、広くて、クロールで泳げる程度には大きくないとダメなんだよなぁ……。

「楽しめるんだったら、どこだって一緒でしょ？　紡希ちゃんが楽しんでくれるなら、別にデカいプールじゃなくたっていいじゃん」

結愛はサングラスを外し、ドヤ顔を披露しながら持論を語る。

「紡希ちゃんもけっこうなブラコンだし、慎治が用意してくれたものだったら楽しんでくれるって」

結愛は俺を勇気づけるみたいに微笑《ほほえ》みながら、手にしていたサングラスを俺に装備させる。

確かに紡希が楽しんでくれるなら、それでいいんだけどさ。目下のところ問題はそれだけじゃないんだよな。

徹底してエンジョイする勢である結愛は、アウトドアチェアをビーチチェアに見立てて、なんと水着姿のまま寝そべっていたのだ。

以前プールに行った時の純白のビキニとは違い、この日は真っ黒な水着なのだが、ビキニタイプで露出が多いことに変わりはない。下半身は水着そのままではなく、デニムのショートパンツをタックボタンを外したゆるゆる状態で穿《は》いているのだが、『水着』としての本来のかたちを失っているせいか、俺の目には着替えの途中みたいな姿に見えてしまい、ドキドキが増してしまっていた。

今日は快晴で、立っているだけで汗が吹き出そうなくらい暑いから、庭で水着姿でいようが体調を崩すことはなさそうだが、海やプールという下着同然の格好でうろつくことが許される特殊な空間ではなく自宅の庭で水着でいる非日常感もあり、結愛の隣で座っているだけなのに落ち着かない気分になってしまう。

名雲家の庭は塀で囲まれているから、ご近所や通行人からは見えにくいとはいえ、これ、過度な露出を咎《とが》められて通報されない？

一応、プライベートプール（ビニールプール）の周りには、物干し竿《ざお》を立て掛け、洗濯物を利用してパーティションにして、できるだけ周りから見えないようにしていた。

結愛だけではなく、水着姿の人間が、もう一人ここへ来るからだ。

「シンにぃ、準備できたよ？」

のれんのように並んでいる白い洗濯物をかき分けて、今日の主役である紡希がやってくる。

紡希は、フルジップの白いパーカーを羽織っているのだが、下には水着を着ていて、裾から生足がはみ出ている。

紡希の水着は、プールに連れて行ってやれない俺の、せめてもの罪滅ぼしの証だ。

この前、結愛と一緒に紡希を連れて新しい水着を買いに行ったのだ。

プールに行った時は、俺のせいで学校指定の水着を着させられていたからな。結局、不満のあった紡希のためにレンタルの水着を利用したわけだけど、ちゃんとした自分の水着が欲しかったようで、大喜びで水着選びをしていた。

幼児用のビニールプールじゃ紡希も嫌がるかと思ったのだが、今のところ不満そうな顔をしていなかった。

それどころか、期待に胸を膨らませているようにさえ見えた。

「シンにぃ、これがプール？」

パーカーのジッパーを上げ下げしながら、紡希がビニールプールを覗《のぞ》き込む。

「そうだ。紡希……ごめんな。本物のプールを味わわせてやれなくて……」

自分の不甲斐《ふがい》なさに消沈する俺は、自然と腰が曲がり、頭を下げるような姿勢になってしまう。結愛が引っ掛けたサングラスがずり落ちそうだ。

そんな俺の後頭部に、ほんのりした重みと甘みを含んだ何かが、ふぁさり、と優しく乗っかる。

「この匂いは……紡希のパーカーか……」

頭に乗っていた紡希の白パーカーを手に取り、丁寧に畳む。

「えぇ……？　慎治って匂いで区別できるの……？」

結愛が戸惑いの声を上げる。

「一緒に暮らしていれば、自然とわかってくるものだろ」

「使ってる洗剤同じなのに？」

「微妙な違いがあるんだよ。俺にはないフレーバーがあるんだ」

「うーん、いくら慎治でも、その区別の仕方はちょっとキモいかなぁ」

「なんでだよ。推理モノで付着物を舐《な》めて判断するシーンあるだろ。専門家にしかできないことがあるんだよ」

戸惑った視線を向けてきた結愛だが、納得してくれたようだ。俺を紡希の専門家と理解していただけたようで何よりだよ。

「……じゃ、じゃあ、私のことも匂いだけで誰かわかっちゃう？」

「そんなことをするのは、変態だけだ」

結愛はなんで期待込みの視線を向けてきたんだ……？

「塩い、めっちゃ塩い！　話違うじゃん！」

「こらっ、どの地域でも流行《はや》っていなそうなワード叩《たた》き込みながらバシバシやるな」

紡希は身内だからいいけど、結愛のことまで匂いで判断できるようなことを豪語したら、キモいだけだろ。どうしてムッとするんだ。

「シンにぃ〜、わたしの匂いのことはいいから〜」

抗議の声を上げ、俺の脚をぐいぐい引っ張ってくる紡希は、なんとビニールプールにその身を浸していた。

紡希の水着を購入するにあたって、どれを選ぶのかは、紡希本人と、アドバイザーの結愛に完全に任せていた。不本意な水着を着せて紡希をがっかりさせた罪滅ぼしの意味もあるし、何より、女性モノの水着コーナーに立ち入るのが恥ずかしかったというのもある。

だから、新しく買った水着を着た状態の紡希を見るのは初めてだ。淡い水色をベースにしたセパレートタイプの水着だった。ブラトップはフレアタイプになっていて、胸元を上手《うま》く隠してくれていて、パンツの部分もフリルがついているので、露出度よりも可愛《かわい》らしさが強調されており、俺も安心できるデザインのものを身に着けていた。

「あーあ、せっかくの新品がびしょびしょじゃないか」

「シンにぃ、水着なのに濡《ぬ》らさないでどうするの？」

「でもなぁ。初下ろしは、もっとちゃんとした場所で使う時のために取っておいた方がよかったんじゃない？」

「ここだって、ちゃんとしたところだよ」

紡希が言った。

「デカくて広いプールとか、海じゃないのに？」

気を遣わずに、正直に言ってくれていいんだぞ。

「だって〜、ここはさぁ」

水面を両手でちゃぷちゃぷさせながら、紡希は照れくさそうにうつむく。

「シンにぃと結愛さんが、わたしのために用意してくれたとこだし……」

「まぁ！」

ガタッ、とアウトドアチェアを揺らして立ち上がったのは、俺の隣にいた結愛だった。

「ほら、慎治。紡希ちゃんだって喜んでくれてるじゃん！　いつまで背中曲げてんの！」

結愛にバシン！　と背中をやられてしまう。

結愛から気合を注入されたことで、俺もいつまでもうじうじしていられなくなった。

新品の水着を着てニコニコしながら水に浸かる紡希は、本当に楽しそうだ。

それだけで十分じゃないか。紡希に楽しんでもらうことが、俺の夏の目標なのだから。

「せっかくだから、楽しいことに楽しいことをちょい足ししちゃおうよ」

結愛は、足元に置いてあったバスケットケースを膝の上に乗せる。

「私、お昼もちゃんとつくっておいたんだ」

午前中、俺は日課である勉強をするべく自室にこもっていたのだが、その間、結愛がキッチンで何やら準備していたことは知っていた。

てっきり夕食の仕込みかと思っていたのだが、まさかこのためだったとは。

「そうだ、プールに入りながら食べようよ。そこに飲み物もあるし」

奇想天外な提案をする結愛は、椅子の足元を指差す。なんとまぁ、クーラーボックスまで用意していたとは、手際《てぎわ》の良《い》いことだ。

「……水浸しになりながら食う飯は美味《うま》いのか？」

「うまいから、シンにぃもやろうやろう」

紡希が、プールから身を乗り出して俺の右腕をぐいぐい引っ張る。

「慎治の場所はちゃんと空けといてあげるから～」

昼食入りのバスケットケースを紡希に託した結愛は、水着の上に穿いていたショートパンツをおもむろに脱ぎ始める。それ、俺の表情を確認しながらやるなよな。下に水着穿いてるってわかっていても、着替えの瞬間を目にしたみたいで恥ずかしいんだよ……。

相変わらず見どころが多くて目に毒なビキニ姿になった結愛は、プールに身を浸し、紡希から受け取ったバスケットケースを開く。

中には、バラエティに富んだサンドイッチが敷き詰められていた。見ているだけで目の保養になりそうなくらい色鮮やかだ。俺だったら、こうはいかない。たんぱく質を補給できるから、という理由だけで玉子やツナを挟んだものだけでいっぱいになることだろう。

「仕方ないな……」

紡希も期待の眼差《まなざ》しを向けている以上、断ることなんてできない。

実は俺も、ハーフパンツタイプの水着を着ていたので、Tシャツを脱げばそれだけでプールに入る格好に大変身である。

「慎治、脱ぐの手伝ってあげるからバンザイしてよ」

結愛がざばっ、とプールから立ち上がった拍子に、水面に浸していた胸が、ふるん、と揺れた。

「まっすぐ立たないと脱がせにくいんだけど」

「無茶言うな……」

「えー？　なんで？　紡希ちゃんに見えないように隠しててあげるから、早く脱いでよ」

わかっててやっていることは明白な結愛が、髪や肌に水滴を浮かべたままニヤニヤしながら俺の前に立つ。

結愛のせい&おかげで、Tシャツを脱ぐことができた俺は、二人がいるプールに交じる。

三人も入ると、流石《さすが》にちょっと窮屈だ。

「そうだ。慎治はこのままだと食べにくいだろうから、二人で慎治に食べさせちゃお」

「いいよ。わたしがこっち行くね」

右手を使えば食える、と言う間もなく、結愛と紡希が左右にそれぞれポジションを取る。

なんという連動性。すっかり俺のサポートが板についてしまったようだ。

両手に花な状態で、自らの手を汚すことなく食べさせてもらっていると、一国の王にでもなった気分になるな。いや、そんな上等なものではなく、札束風呂《ぶろ》に浸かりながら美女を侍《はべ》らす胡散臭《うさんくさ》い宣伝のワンカットの方が近いか。

まあ、たまにはこういうことがあってもいいだろう。

紡希を楽しませるつもりが、俺が堪能《たんのう》してどうするって話ではあるけどな。

クーラーボックスから缶ジュースを取り出した俺は、ギプスを濡らさないように、左腕を掲げることになった。

わが生涯に一片の悔いなし！　と叫びたそうなポーズになってしまったが、充実した夏休みの一日になったのは確かなことだった。

だから俺だけ充実してどうするんだよって話。

◆5【浴衣の約束】

夏休みも一週間が経《た》ち、毎日が休日、という非日常にも体が慣れてきた頃。

勉強の休憩を取るためにリビングに降りてきた俺は、ソファにごろんと寝転びながら、点《つ》けっぱなしのテレビの前でくつろいでいる紡希に遭遇した。

「紡希、また午後〇ー見てるのか？」

「うん。都民の特権だから」

「都民かつ毎日が日曜日の民の特権だな」

「でも全然ホラーやってくれないんだよ。わたし的にはパニックムービーみたいなのはちょっと違うんだよね」

「昼間から死人が出る映画を放送するといろいろうるさいんだろうな」

「じゃあ、イーストウッドの映画ばかりやるのはいろいろうるさくないから？」

「それはなんかまた別の理由だろ」

紡希が流し見していた昼の映画番組はＣＭに入る。大の大人がズラッと横並びして手ぐしで髪をかき分ける映像が流れ出した。

「ヤバいんだけど……!」

血相を変えた結愛が、リビングに駆け込んでくる。

体重計を抱えて。

「……なんだ? ドクトル・ワグナー・ジュニアごっこでもするのか?」

結愛はどう見ても100キロないから大丈夫だと思うけどな。

「体重!」

結愛の目がくわっと開く。

「増えたのっ!」

「……そりゃ増えるだろ。生きてるんだから」

女子が体重を気にする生命体なのは、俺でも知っていることだったけれど、結愛はあまり気にしないタイプなのかと思っていた。俺の前でも平気でめっちゃ食うし。

「慎治の家でご飯食べてるから~」

「俺のせいなの?」

「……慎治の家の料理当番なのをいいことに、食材いっぱい使っちゃったから、その分食べる量が増えて……」

体重計を抱きしめながらわなわな震える結愛は、青ざめた顔で俺の方を向く。

「結愛らしくない語彙を使ってるあたり動揺してるんだなってわかるけどさ、とりあえず落ち着け」

「慎治……謀《はか》った……？」

毒盛った？　みたいな顔で見るなよな。

さらっと食材の横領を告白されたが、別に咎《とが》めるつもりはない。そういう約束はしていたわけだし。

怪我《けが》のせいで俺が上手く料理ができない都合上、結愛には名雲家の料理番を任せきりにしてしまっていた。普段の結愛は一人暮らしで、限られた食費で上手くやりくりしていたはずだから、いざ食材を使いたい放題な環境になった時、ついつい多めに作ってしまうこともだってあるだろう。

俺は冷蔵庫から冷たい麦茶を取り出し、グラスに注《つ》いで結愛に渡す。

ちびちびと麦茶を飲む結愛に向けて、俺は言う。

「別に、結愛は太ってないだろ」

先日に水着姿を見た時だって、特に体形の変化は感じなかった。

結愛は胸が大きくて、太ももが少々むっちりしてはいるけれど、概《おおむ》ね細身の体形をしている。ただ、どうしても胸のサイズが目立つせいで、女子にとっての大正義体形に見られることはなかなかないだろうが。

「慎治、そういうお世辞はいらないよ」

「疑心暗鬼になってんなぁ」

「正直に言って。『結愛、お前はデ〜〜』？」

「最後の一音を俺に託して中傷を完成させようとするな」

「結愛さん、シンにぃはお世辞言ってないよ。信じてあげて」

紡希のフォローに、俺は感涙しそうになった。

大の結愛シンパである紡希は、義兄の俺より結愛の味方をすることが多いのだが、ここに来て俺の味方をしてくれるとは。家族としての信頼度がいっそう上がってしまったということかな？

「ほら、シンにぃは、結愛さん以外で一番結愛さんの体見慣れてる人なんだから……本当のことに近いことを言ってると思うよ？」

すっげえ反応に困る誤解がぶっ飛んできた。

口にするのも恥ずかしい、って顔するくらいなら、言わなければよかったのに……。

まあ紡希は、俺と結愛が恋人同士だと思っているから……そういう男女の営み的なアレもあるものと思っているのだろうが。結愛が毎晩寝るのは紡希の隣なんだけどな。

「そうかなぁ。慎治ってば、いつも後ろから私の横っ腹のお肉摘《つ》まんできて、『前はこんな摑《つか》めるくらいなかったのになー』って言うんだよねー」

「ウソを捏造《ねつぞう》するな。ちゃんと否定して」

結愛が言ったら、紡希は本当に信じちゃうんだぞ。

「まー、でもマジな話、運動不足なのは自分でもわかってるよ」

体重計を床に置きながら、結愛が言う。

「接客の仕事なら、それなりにカロリー使うんじゃないのか？」

俺は言った。

フロアを動き回ったり、声出しをしたり、厄介な客の面倒な注文を受けたり、と、わりと体力を使うイメージがある。

結愛はこの日も、朝から夕方近くまでバイトに出かけていて、帰ってきて軽くシャワーを浴びていたのだった。

「私の担当するとこは、座って休める時間多めだから」

俺は飲食店で働いたことがないからわからないが、そういうものなのだろう。

結愛は、俺たちと関わるようになる前は、ちょっとした筋トレをして体形維持に努めていると言っていた。

だが最近は、名雲家に関わりっきりになっているから、そんなヒマはなくなってしまっていたのだろう。

そう思うと、結愛が体重増加の原因を俺に求めるのも自然なことなのかもしれない。

「俺にできることがあるなら手伝うぞ？」

あんまり結愛に世話になってばかりいるわけにもいかないしな。

「ほら、一度ちょろっとだけ使ったことあるだろ？　うちのホームジム。また使っていいから」

うちの庭には、体育倉庫程度の広さの建物があり、そこはいくつものトレーニングマシンで埋め尽くされた、ホームジムになっているのだ。

「じゃあ、慎治がトレーナーやってよ～」

ねだるように結愛が寄ってくる。

以前結愛にホームジムを貸した時、やたらと露出の多いトレーニングウェア姿でやってきたことがあった。

俺は結愛の補助兼アドバイス役としてその場にいたのだが、結愛が動くたびに胸はぷるぷるするわ、息遣いは妙だわで、脳みそからシワが消えそうになったのだった。

ただ、結愛も困っているようだし、この際仕方ないか。

いくら恥ずかしいからといって、世話になっている人間の頼みを無下にするわけにもいくまい。

などと覚悟を決めていると、テレビがふと目に入った。

お目当てのホラー映画じゃないことで飽きてしまったのか、紡希は別の番組に切り替えていたようだ。

夕方に差し掛かろうかという時刻に始まるワイドショー番組では、夏休み映画として大きな注目を集めているらしい映画を宣伝するインタビューが映し出されていた。

映画のポスターを画面の中央に配置し、その右側には、インタビュアーの女性アナウンサーがいるのだが、その向かい側にいるのは、テレビを消しちゃいたくなるくらい見覚えのあるヤツだった。

長い黒髪に、大きな瞳をしていて、肌は瑞々《みずみず》しくどこまでも白い。

三十代も後半に差し掛かるというのに、アイドルとして人気だった二十歳くらいからずっと若いままという、いわゆる妖怪だ。

リモコンは紡希が手にしている。消すように言いたいところだったけれど……紡希を母親を嫌う気持ちに巻き込みたくなかったから、チャンネルを変えてくれることを祈るしかない。だが見た感じ、リモコンのボタンに手を触れる気配は一切なかった。

何故《なぜ》だ、紡希。

俺への精神攻撃か……？

いや、紡希は、篠宮恵歌《しのみやけいか》が俺の母親だと知らないはずだ。俺の両親が離婚したのは、俺がまだ五歳かそこらの時だから、三歳下の紡希が当時のことを覚えているはずがないし、俺だって、母親のことを話した覚えはない。

だが、もしも、という場合がある。

紡希が知らなくても、彩夏さんが知っていた可能性がある。

篠宮恵歌の義理の妹として面識はあるだろうし、彩夏さんを通して紡希が篠宮恵歌が俺の母親だと知っていて――

だが俺は、すべてが杞憂《きゆう》だったことを知る。

『――篠宮さんが次に出演される映画は、ホラーだそうで』

女子アナがそんな話題を振ると、紡希の瞳が輝いた。

なんだ。新作がホラー映画だから、釣られているだけか。

篠宮恵歌には、特に興味を示していないみたいだ。

女優として大活躍らしい母親は、また新たな映画に出演するらしい。それも、ホラー映画。

インタビュアーも、篠宮さんのキャリアの中では珍しいですよね、と言っている。

『そうなんですよ。アイドルやってた時に端役《はやく》で出たことはあるんですけど、主演させてもらうのは初めてっていうかー。でも脚本見させていただいた時に、これはやるしかない、って思っちゃって、撮影前から超乗り気だったんですよー』

篠宮恵歌が、にこやかに答える。

大人気女優として多数のファンを持つ篠宮恵歌だが、決して万人に支持されているわけではない。

いわゆる、篠宮恵歌アンチからよく槍玉《やりだま》に挙げられることの一つが、この喋《しゃべ》り方である。役を演じている時はまったく問題ないのだが、ひとたび『篠宮恵歌』に戻ると、アンチいわく『頭の悪そう』な喋り方になってしまうそうな。

なんでも、アイドル時代からこんな感じらしい。

まあファンからすれば、そういうギャップがたまらんそうなのだが、俺にはわからん。

意外かもしれないが、俺は、篠宮恵歌否定派の意見に賛同してはいなかった。

俺にとって憎悪《ぞうお》すべき対象なのに、アンチの心ない意見を目にすると反論したくなるのは、俺が最大にして最凶の篠宮恵歌アンチだからだろうな。アンチの王として、他の雑魚《ざこ》アンチを統率したくなってしまうのだ。

俺は別に、アンチに腹を立てちゃいない。『猪《いの》○さんの悪口を言っていいのはオレだけ』という前○日明ロジックを持ち出すつもりもない。それ以上に腹が立つ対象がいるからだ。

俺自身である。

喋り方が気に入らないと言うけれど本業の演技ではきっちり仕事しているんだから叩《たた》くところズレてない？　と、大嫌いな篠宮恵歌を擁護するような意見を持っている自分がとても腹立たしかった。

だからアンチには、もっと論理的で筋の通った批判を展開してほしいものだ。俺のためにも必死になって頑張ってくれ。

などと思っている間も、インタビュー映像は続いていて。

『──ジャンルはホラーなんですけど、テーマは「愛」なんですよね。家族愛ですよ。恵歌ってこう見えて結構歳《とし》いってきたんでー、演技を通して愛ってなに？　ってところを再確認させられましたよねー』

まーたこいつは、心にもないことを言ってやがる。

一番のホラーは、子どもを放り出した過去があっても平然とベビーフェイス気取りができるお前だ。家族愛から一番遠い人間でしょうが。

画面に向かってそう叫びたかったが、大人気ないからやめた。

あと、公の場でも未《いま》だに一人称が『私』じゃなくて自分の名前なのは、アンチにエサを与えるだけだからやめろとあれだけ言って……なかったわ。心の中で思っただけだ。会って話す機会は皆無だからな。

「そういえば、来月末にこの近くでけっこう大きな夏祭りやるんだよね？　花火もバーンって上がるやつ」

まるで話題を変えるように、結愛が言った。

結愛は、俺の家庭事情を知っているからな。篠宮恵歌という存在が地雷と知っていて、フォローしてくれたのだろう。

「ああ、そうだな」

俺も、これ以上母親のことを引っ張りたくないから、結愛の話に乗った。幸い、インタビュー映像もそろそろ終わりそうだったし。

「地元の人間は、毎年のように参加するみたいだな。わりと盛り上がるらしい」

俺は行ったことないけどな、とぽつりと付け加える。

俺の地元では、毎年夏休みが終わるくらいの時期になると、納涼の夏祭りが開催される。

『慎治行ったことないの？　じゃあ今年は一緒に行こうよ』

結愛が無事な方の手を引っ張って、グイグイといつものノリでねだってくるものと思っていたのだが、何だか考える素振りを見せて沈黙していた。

結愛のことだから、みんなで行こうよ！　だなんて言ってくるものと思っていたので、拍子抜けしそうになる。

「じゃあ今年は、みんなで行っちゃう？」

どうやら違和感は俺の勘違いだったらしい。いつもの結愛だ。

「行く！」

新作ホラー映画の番宣コーナーが終わったことで、ワイドショーに興味を失った紡希が結愛に飛びつく。額の部分で結愛の胸をぐりぐりして、同性だからこそ許される特権を行使していた。

「あのね、わたし、夏祭りは浴衣《ゆかた》で行きたいなー」

「待て。うちに浴衣なんかないぞ？」

「浴衣がないなら買えばいいじゃない」

紡希は譲らなかった。

「そんな市民にケンカ売るみたいなフレーズを口にするのはやめろ。だったら私服で行けばいいじゃない、と言い返しちゃうぞ」

「でも～、せっかくのお祭りだし……」

紡希はこちらにとてとてと寄ってきて、俺の腰にまとわりつく。

「結愛さんとシンにぃと一緒に行く初めてのお祭りだから、特別なカッコしたいんだけどなぁ」

紡希のまっすぐな視線が俺の脳天を射貫《いぬ》き、脳みそは一時的にその機能を失う。

「よし。買うか！」

そうまで言われたら、仕方がない。

「まーた慎治が妹に体で籠絡《ろうらく》されてる」

呆《あき》れるような口ぶりだが、結愛は微笑《ほほえ》ましいものを見守るような笑みを浮かべていた。

「まー、慎治がいいって言うならいいけどね。私、昔着てた浴衣があって、もうサイズ合わないから、紡希ちゃんに譲ろうかなって思ってたんだけど」

「結愛さんの！」

今度は結愛の方へ飛んでいく紡希。おい、あからさまに現金な行動をするなよな。

「結愛さんのお古なら、そっちの方がいい」

「買わなくていいのか？」

「だって、結愛さんが一度着たやつの方が価値があるでしょ？」

なんとも変態的な発想をする義妹である。まあ、気持ちはわかるけどな。

「じゃあ、お盆で実家帰った時に浴衣持ってきてあげるよ」

「いいのか？」

実家か……やはり結愛は、不仲な両親の下へ一日戻る気でいるようだ。

「いいよ。紡希ちゃんのためだもん」

結愛の表情には、不安や憂鬱な色合いは見当たらなかった。

「そっか……。じゃあ、ありがたく厚意に甘えさせてもらうか」

「そうそう。私がそうしたいって言ってるんだから、素直に甘えちゃった方がいいよ」

紡希をくっつけた結愛が、こちらに寄ってくる。

「未来の義妹のためだし、助け合わないとね」

パチリと片目を閉じる姿がやたらとサマになっていた。それはいいんだが、結婚前提に付き合ってますみたいな言い方は、こっちのメンタルが保《も》たないからやめてくれ。まあ紡希を安心させることはできそうだけど。

「わー、楽しみだなー。早く八月の終わりになればいいのに！」

紡希は、結愛の手と俺の手を取って、交互にぶんぶんと振り始める。

夏祭り当日が来たら、それは夏休みが終わる合図だというのに、紡希は待ち遠しい気持ちをまったく隠しきれていなかった。

とりあえずは、いい思い出を残してやれないまま夏が終わるような事態は避けられそうだ。

俺自身の不甲斐《ふがい》なさを認めることにはなるのだが、やっぱり結愛がいてくれれば、紡希をがっかりさせたり悲しませたりすることにはならないんだよな。

■第二章【俺の夏はいつになく賑やか】

◆1【悪友は夏休みでもブレない】

夏は、暑い。

そして、うるさい。

短い命を燃やし尽くすかのように全身全霊で鳴く蟬《せみ》の声が、ではない。

「はぁ⁉　結愛《ゆあ》っちと夏祭り行くの⁉　瑠海《るみ》も行く！」

校則違反上等のピンク色の髪を二つ結びにした小柄な同級生女子……桜咲《おうさき》瑠海のことだ。

あまりのデカい声に、いっそ教えない方がよかったかなぁ、とすら思ってしまう。

けれど、心優しい紡希《つむぎ》は、仲良しの百花《ももか》ちゃんも夏祭りに誘う気でいた。まあ百花ちゃんだけなら問題ないにしても、妹の引率としてこのプロレスオタクの姉までくっついてくる可能性は高いわけで、桜咲にだけ秘密にしておくわけにもいかない。何も伝えないでいるのも、仲間はずれにしているみたいで感じ悪いしな。

正午をちょっと過ぎた時刻だった。

この日は、結愛はバイトへ行き、紡希も百花ちゃんと遊びに行き、俺も勉強が一段落ついたので、夏祭りに参加する予定の報告を兼ねて桜咲のバイト先の様子を見に来たのだった。

もちろん、桜咲のところへ行くことを結愛には告げてある。結愛は、俺の実際の状態以上に左腕に不自由していると思っているから、勝手に一人で出歩きでもしたら過剰に心配するだろうからな。予《あらかじ》め話を付けてきたのだ。

桜咲が休憩に入ったことで、以前桜咲から奢《おご》ってもらったことがあり、TKドームの近くにあるこのファストフード店に来ていた。

「やっぱり来るのか。夏祭り」

程よく冷房が効いた店内で、ストローでジュースをすすりながら俺は言った。

「なにそれー。瑠海に来てほしくなかったの？」

桜咲も同じように、ジュースをすする。真似《まね》するなよな。

「腕が動かないのをいいことに、どうせ結愛っちに頼りまくりなんでしょ？」

俺のサポートのために、結愛が名雲《なぐも》家に滞在中なことは、桜咲も知っていた。

桜咲は、俺と結愛が付き合っていると勘違いしている一人だ。俺は桜咲から、結愛の彼氏に相応《ふさわ》しいかどうか、ずっと査定されていた。

夏休みに入る直前、結愛が仲良くしている陽キャグループのメンバーが結愛に告白し、振られたことによって、結愛の人間関係がギクシャクしそうな空気が生まれたことがあった。俺がウソの理由をつくりあげてまで体を張って結愛の居場所を守ったことで、桜咲もある程度は俺を認めてくれたようなのだが、未《いま》だに厳しい目を向けてくるのは変わらない。

「だったら、瑠海に声かけてくれれば、結愛っちの負担も減るじゃん？」

「えっ？　桜咲さんまで俺のサポートしてくれるつもりだったの？」

「あたりまえでしょ。これでも一応、心配してたんだからね」

「そっか。気を遣ってくれてありがとうな」

親友の結愛を大事に思うあまり、『彼氏』である俺へのあたりが強い時がある桜咲だが、桜咲がいなかったら、俺は無事に夏休みを迎えることができなかった。厳しいが、頼もしいところもあるクラスメートなのだ。

「瑠海も名雲くん家《ち》で暮らしてあげよっか？」

「それは結構です」

「なんで即答なの」

「怪我《けが》した直後、俺の腕の心配より、これで遊ぼうとしたことを忘れてないぞ？」

俺は、ギプスで固定された腕を振って示す。

「どうせこいつが目当てなんだろ？　レフェリーの目を盗んでギプス固定式ラリアットの反則攻撃をするヒールレスラーごっこ、してみたいんじゃないのか？」

「そりゃそうでしょ」

「正体現したな」

「だって～、うち妹しかいないから、プロレスごっこなんてできないんだもん。こういう時、男兄弟が欲しいなーって思うよ」

「……桜咲さんの兄弟に生まれてなくてよかったよ」

横暴な姉に頭が上がらない可哀想《かわいそう》な弟が完成していただろうから。

「それはそれとして」

俺は、ジュースが入ったカップを脇に置く。

「桜咲さんがバイト先でも楽しそうでよかったよ」

「え⁉　名雲くん、わざわざ瑠海を心配して様子見に来たの？」

ズズズ……とストロー越しに吸い込んでいた口を止めて、桜咲は頬を赤らめさせた。

そういう勘違いしそうな反応はやめてくれ。

「一応な。だって桜咲さん、闘神ショップに不採用になった時、落ち込んでただろ」

「ぐぬ……まあ、ねえ。ちょっと瑠海が逸材過ぎたっていうか」

気まずそうにする桜咲。

桜咲のバイト先は、プロレスグッズの専門店である闘神ショップではなかった。

夏休みが始まる前に陽キャ仲間に宣言していたくらいだから、てっきり夏の間はそこで働くものと思っていたのだが、どうも面接は受けたものの、桜咲曰《いわ》く『情熱が強すぎた』せいで不採用になってしまったらしい。

プロレス関連のグッズショップだからといって、プロレスに詳しければ採用される決まりはない。逆に、熱心なファンであることが揉《も》め事《ごと》に繋《つな》がると危惧されて不採用になる方がありそうなことに思えた。特に聖地K楽園があるS道橋の闘神ショップは、桜咲が推している朝日プロレスのイベントを開催することもあるし、選手と近い位置にあるからな。

「大丈夫か？　闘神ショップに通いにくくなってない？」

以前、闘神ショップで名雲弘樹《おやじ》のミニ展示会が開催された時、桜咲と一緒に訪れたことがある。充実した顔で買い物をする光景を目にしていたから、バイトとして不採用になったことで、居心地のいい空間を失ってしまったのでは、と俺は真面目に心配していた。

「いやフツーに通ってるし。今日もバイト終わったら新入荷グッズをチェックしに行くつもりなんだから。面接の時にアピールしまくったおかげで、店の人にプロレスのことめっちゃ好きな人だってことはわかってもらってるからね」

「なるほど。プオタ仲間としての面接はパスしたってわけか。それならいいんだけどな」

そうだ。桜咲は俺と違って、コミュニケーション能力強者の陽キャなのだった。

不採用になった店に通えなくなるどころか、新たな友達の輪を広げてやがる。

桜咲は、何かに気づいたような顔をして、得意気にニヤニヤした。

「へぇ。ふーん」

マウントを取ったみたいないやらしい笑みを浮かべながら、ピンク色の髪の毛先を指でくるくるし始める。

「心配しなくても、瑠海にプオタ仲間が増えたって名雲くんとお話ししてあげるよ?」

こいつは何を言い出すんだ?

「名雲くんにはまともな友達なんて瑠海くらいしかいないから、得意のプロレストークできる人を他に取られちゃったら、ぼっちに戻っちゃうもんね」

桜咲の勘違いはどこまでも加速する。そしてこいつ、嬉《うれ》しそうな顔するんだよな。

「でも安心してよ。瑠海だって鬼じゃないし、名雲くんの友達は続けてあげるから」

「はいはい、ありがとうよ」

俺は、まったく感情を込めずに感謝の言葉を述べた。

この手の調子ノリには、適当な返事をして相手にしないに限る。

「あら～、ふてくされちゃって」

俺の頬を人差し指でつんつんしてくる桜咲。

「名雲くんは、遠慮しないでプロレストークできちゃう人なんだから、瑠海に新しいプオタ仲間が増えたって気にすることないのに」

「…………」

「瑠海の一番のプオタ仲間として、誇ってもいいよ？」

足を組み替えて、ふんぞり返る桜咲。

こりゃもう何言っても無駄だな、と判断した俺は、お前は何を言ってるんだ？　という顔をしたまま黙り込むことに決めた。

それでも桜咲は、一人で舞い上がって、上機嫌のまま食事を続けるのだった。

★

休憩の時間が終わり、桜咲はバイトへと戻っていった。

桜咲は、ＴＫドームの近くにある商業施設に入っている雑貨屋で働いていた。

パッと見た限りでは、雰囲気はいいし、おしゃれだし、ユニフォーム代わりのエプロンを着けた桜咲がきっちり風景に溶け込むくらい馴染《なじ》んでいたから、結局はいい職場にたどり着いたと思う。まあ、店員の風体からはアート系のおしゃれ要素を感じて、俺みたいなヤツが容易に近づける場所ではなかったけど。

夏休み中ということもあり、ほぼフルタイムでガッツリ働いているらしい。

桜咲は帰宅部だから、部活動をする代わりにバイトに精を出しているのだろう。どうやら一年生の頃も、勉強よりバイト、という学生生活を送っていたようだ。

「百花ちゃんのタブレットPCは、桜咲に買ってもらったって言ってたもんな……」

エスカレーターで上っていく桜咲の背中を見つめながら、ふと思い出してしまう。

俺は、部活よりもバイトよりも勉強に精を出すタイプで、学生なのに勉強に熱心ではない同級生を下に見ているところがあった。

桜咲は、勉強こそあまりしていないかもしれないが、妹のために稼いで、学生の身では高額なタブレットPCをプレゼントしている。

自分の時間を犠牲にして、妹へのプレゼントのために働いていた桜咲を、勉強しないから、という理由だけで下に見るようなことはもうできない。

「俺は俺で、家事やって勉強して、ちゃんと自分の役割やってるんだけどなぁ……」

紡希が名雲家に来ることになる前から決めていた、親父との役割分担だ。

かたちこそ桜咲とは違うけれど、これも俺なりの家族に対する思いやりだ、という自負はあった。

ただ、桜咲みたいに、社会の一員として稼いでプレゼントをする、というスタイルの方が、俺よりずっと大人なことをしているように思えてしまうのだった。

◆2【中学生組のなれそめ】

夏休みも二週目に入った頃。

我が家に客が来ていた。

紡希の親友にして理解者にして協力者である、伊丹《いたみ》百花ちゃんである。

百花ちゃんは、二階にある紡希の部屋にいる。

俺は、客へのもてなしとして、二人のために麦茶を持って行こうとしていた。

「慎治《しんじ》、上に持ってくの？」

結愛が、リビングにひょいと顔を出す。

「ああ、何もしないってわけにもいかないから」

それまで結愛も紡希の部屋にいたのだが、トイレか何かで一階まで降りてきたのだろう。

この三人は、年齢差こそあれど女子同士ということでウマが合うのか、仲が良かった。紡希はもちろん、百花ちゃんからしても結愛は憧れの存在らしいからな。中学生組からすれば望むところなのだろう。

「じゃあ私が持ってくよ」

いつものように、結愛は俺の腕を気遣って手伝ってくれようとする。

「最近、だんだん腕の調子がよくなってる気がするから、これくらいは平気だ。この状態での腕の使い方にもだいぶ慣れたしな」

俺は、台に見立てたギプスの上にトレイを乗せる。トレイの端を胸に押し付けるような配置にすれば、きっちりバランスを取ることができた。

「ほらな？」

「でもグラスの中の麦茶、めっちゃ揺れてない？」

「……大丈夫だ。勝手知ったる自分の家。なんでもないところで転んだりしないから」

結愛に指摘されると、確かにちょっとした地震が来たのかと勘違いしそうになるくらい揺れていて、自分で思っているよりも安定感はないのかと思ってしまう。

「私が作ったマカロンも一緒に乗ってるんだけど。百花ちゃんに食べてもらう前に水浸しになるのはちょっとねー」

手を後ろで組んだ結愛が、半眼になって疑惑の視線を向けてくる。

「じゃあこうしない？　私がおぼん持つから、慎治は私の腕支えて？」

俺の頭の中が疑問符だらけになったよね。

だったらもう結愛が持っていった方がいいんじゃない？　って。

でも、結愛なりに俺の意思を尊重しようとしている結果なのだろうから。

「……そうするわ」

結愛の案に乗るしかなかった。

「そうだ、腰をぎゅっとして支える感じにしちゃう？」

俺からトレイを譲り受けた結愛は、さらなる疑問符を量産するような発言をする。

「だって、百花ちゃんの前に出るんだよ？　しゅきしゅき大しゅきな恋人っぽい感じじゃないとダメじゃない？」

いたずらっぽい笑みを浮かべ始めた。

「えっ？　その約束、まだ生きてたのか？」

「うん。百花ちゃん、私たちのことにまだ興味津々《きょうみしんしん》だよ？」

なるほど。どうしたもんかね。

俺と結愛は、『紡希は男女の機微を心得た大人である』ことを証明するために、百花ちゃんの前では特にイチャつかなければいけない、と、紡希と約束したことがある。

百花ちゃんは、紡希が大人ぶったキャラを演じているのは見抜けるのに、俺たちが紡希を安心させるために『恋人』のフリをしていることは見抜けないらしい。

もしかして……鋭い百花ちゃんをもってしても、俺と結愛は、ウソとは思えないくらい『恋人』として成立しているということでは？

いや、百花ちゃんは精神が大人だ。あえて指摘していないのだろう。

「いいの？　中学生の夢を壊すようなことしちゃって？」

「俺を試そうとするな」

訊《たず》ねてくる結愛だが、こうなった時の結愛はもう結論が決まっちゃっているんだよな。

「わかった。イチャついてみせよう」

「そうこなくっちゃね」

結愛の満面の笑みを見ていると、恥ずかしさを抑えて同意した甲斐《かい》もある気がした……のだが。

「おい、その姿勢やめろ」

どういうわけか結愛は、トレイを持ったまま少し前傾姿勢になって、尻を突き出すような格好になっていた。

「なんか問題あるの？」

「それじゃ後ろから支えられないだろ……尻にくっつくだろうが、姿勢の都合上……」

「えー、なにがどうなっちゃうの？」

くそー。俺の口から言わせようとするなよな。

「イチャついたとこ見せるんなら、それくらいやった方がよくない？」

結愛め。紡希との約束を盾にして、俺に準痴漢行為を働かせようとしてない？

そこで俺は閃《ひらめ》いた。

「慎治、なんかめっちゃ硬いの当ててきてない？」

「ギプスだよ。それともギプスは反則だとでも言うのか？」

ギプスでワンクッション入れれば、俺は結愛の尻に触れることなくトレイを支えられるというわけ。

「慎治って、恥ずかしがるところはぜんぜん変わんないね」

結愛が言った。

「そりゃあな。結愛みたいにはできないって」

俺が恥ずかしがるたちなのとは別に、結愛はあくまで仮の『彼女』なわけだし、俺の方からあまり思い切った行動に出るわけにもいかない。

「慎治とは、もう何度か一緒に寝たことあるけどさー」

結愛が振り向く。

「なんか、仲がいいだけの姉弟みたいだね」

これが、本当に恋人同士だったら深刻に受け止めないといけないのだろうが、結愛の声のトーンはいつもの軽い調子だった。

「まー、それもいいかなって思う時もあるんだけどね」

トレイを手にしたままの結愛は、俺より先に階段を上っていった。

★

中学生組におやつを持っていくついでに、紡希がどれだけ楽しく過ごしているか確認しようとしたのだが、結愛がトレイを持って行ったせいで口実を失ってしまった。

「慎治も交ざってく？」

階段を上っていく途中で結愛が振り向いて、そう言ってくれたおかげで助かった。

紡希の部屋に入ると、自分の家だというのに何だか緊張してしまう。紡希の部屋は見慣れているものの、この場に百花ちゃんがいるからだろう。

明るい栗色《くりいろ》の髪で、メガネをかけていて、ほっそりした体形の高身長女子である百花ちゃんは、常にタブレットPCを持ち歩いていた。ちょっと空き時間があればペンタブを使ってイラストを描いている。

「そろそろマンガに挑戦してみたいんだよね」

紡希の向かいに座る百花ちゃんが、穏やかな声音で言った。

「いきなり30ページとかは無理そうだから、シイッターで上げる用の1ページくらいのマンガから始めようかなって」

「百花なら、余裕だわ」

例のモードに入っている紡希が言う。

「バズって人気イラストレーターから人気漫画家にクラスチェンジね」

紡希は、自分のことのように得意気だった。

夢いっぱいな中学生組である。

とはいえ、百花ちゃんは中学生にしてシイッターのフォロワー数が二十万人を超えている人気者だから、決して夢物語ではなさそうだ。

「二人は仲がいいなぁ」

俺は言った。

二人は、互いを補い合ういいコンビに見えた。

引っ込み思案なところがある百花ちゃんを引っ張っているのは、紡希だろう。百花ちゃんは、実力はあってもガンガン前に出ていくタイプではないからな。桜咲萌花《もか》という本名ではなく、伊丹百花というSNS界隈《かいわい》で有名なペンネームをリアルでも持ち出して、自信を付けさせようとしたのも紡希らしいし。

その一方で、学校では経験豊富なキャラを演じて危なっかしい紡希がボロを出さないように陰ながらフォローをしているのが百花ちゃんだ。二人が揃《そろ》っていることで上手《うま》くいっている。

「慎治兄さん、あたりまえでしょ？」

たいして長くもない髪を払うような仕草をして、紡希がドヤ顔をする。

「わたしと百花は、結愛さんと慎治兄さんくらい仲がいいから」

と、そこまで言って、百花ちゃんの前ではクールぶろうとする紡希の頬が紅潮した。

「仲がいいの種類が違うわ！」

バン！　とローテーブルに両手をついて立ち上がり、セルフツッコミをする紡希。

「いやわかってるから……」

ていうか俺だって別に二人が百合《ゆり》百合しているとこ想像しちゃいないんだが。

「私とつむちゃん、仲良くなったのは中学生になってからなんですよ」

「へー、意外。もうずーっと前から仲いいみたいだから、小学生の頃から仲良しなのかと思ってた」

結愛と同じく、俺も百花ちゃんが告げた事実に驚いていた。

「尖《とが》ってたわたしに声をかけてくれたのが、クラスメートになった百花だったの」

「えっ、尖ってた……？」

俺は戸惑った。

よく考えれば俺は、紡希の学校生活までは、恥ずかしながら把握していなかった。

彩夏《あやか》さんが元気だった頃はともかく……中学に入ってからの紡希は、どんな生活を送っていたのだろう？　紡希の口ぶりから、どうしても気になってしまう。気楽なものではなかったのは確かなのだろうが。

尖っていた、というあたり、紡希にとってデリケートな問題であるはず。

うっかり地雷を踏んで、せっかく築き上げた関係性を壊すようなことはしたくない。

「わたし、一年生になったばかりの頃は、教室ではほとんど話さなかったのよ」

驚くことに、紡希の方から教えてくれた。

「あの時のわたしは、お母さんのことで悩んでたから」

彩夏さんのことが出てきてピリつく俺を他所《よそ》に、紡希は穏やかに当時を回想する。

「周りの子がなんにも悩まないで生きてるみたいに見えて、わたしの方からみんなを遠ざけちゃってたの。百花が声をかけてくれなかったら、わたしは今も同じことをしていたわ」

紡希は、向かいの百花ちゃんに微笑《ほほえ》みかける。大人ぶったキャラを演じていることすら忘れて、いつも俺の前でそうしているような、自然な笑みが出ていた。それだけ百花ちゃんを信用しているということだろう。

どうやら紡希の大人ぶったキャラは、みんなから大人っぽく見られたい、という背伸びしたい年頃の可愛《かわい》らしい理由ではなく、尖っていた時代の名残だったらしい。

たぶん、百花ちゃんと友達になれなかったら、紡希は名雲家に馴染《なじ》むことだって難しかっただろう。学校生活が紡希のメンタルに及ぼす影響は大きいだろうから。百花ちゃんには感謝しかない。

「つむちゃんの話、ちょっと違うよね。つむちゃんが先に私に関わってくれたおかげで、仲良くなれたんだから」

不思議そうな顔をするのは、百花ちゃんだった。

紡希の話と食い違うな。

「ねー、結局どっちが本当のことなの？」

にこやかに突っ込んでいくのは、結愛だった。興味津々《きょうみしんしん》って顔をしてやがる。

「二人がどうやって仲良くなったのか、もっと知りたいなー」

結愛のことだから、空気が悪くならない勝算があって訊ねたのだろう。能天気な陽キャギャルに見えて、色々考えているのが高良井《たからい》結愛だ。

「あの、私、小学校の時にいじわるされてたクラスメートの男子と、中学でも同じクラスになっちゃって、嫌だなーって思ってたんですけど」

百花ちゃんの答えに、いじめの波動を感じた。

流石《さすが》の結愛も勝負所を見誤ったか？　俺は冷や汗をかきかけたのだが……百花ちゃんの表情に陰はない。

「でも、つむちゃんが助けてくれて。『これ、わたしの伯父。呼べば飛んでくるから。痛い目にあいたくなかったら、その子にいじわるしないことね』って、スマホの写真見せたら、その男子が『シ、シルバーグ！　連勝怪人シルバーグじゃねぇか！』ってびっくりしちゃって、それからはいじわるもパタッと止《や》んじゃったんですよ」

「確かに、そんなこともあったわね」

「だから、先に声をかけてくれたのはつむちゃんなんだよ」

「百花と仲良くなったから、わたしがそいつを追い払ったの。だから絶対、百花が声かけてくれた方が先」

「え〜、つむちゃんの方が絶対先だよ〜」

「絶対絶対、百花の方が先！　百花はわたしよりずっとずっと優しいから！」

お互いに譲ることなく、恩人の押し付け合いが始まる。

やがて二人は、恩を分け合うことに結論したようだ。

俺はその微笑ましいやりとりだけで、どちらが先かなんてどうでもよくなっていた。

「でも、あの時つむちゃんがどんな魔法使ったのか、未《いま》だに気になってるんですよね」

百花ちゃんに視線を向けられると、紡希は照れくさそうにそっぽを向いた。

「おじさんに抱っこされてる昔の写真を見せただけよ」

「つむちゃん、その写真見せてくれないんだよね」

「ちっちゃい頃のだし、恥ずかしいし、スマホももう新しいのにしちゃったからここにはないわ」

「ねー。連勝怪人シルバーグってなに？」

結愛が不思議そうに首をひねる。

結愛には悪いが、俺は紡希がどんな『魔法』を使ったのかわかってしまった。

連勝怪人シルバーグは、親父《おやじ》が昔、ニチアサの特撮番組で演じていた悪役だ。他の悪役どころか、ヒーロー側の役者よりずば抜けてデカい上に迫力があるせいで、当時リアルタイムで視聴していたちびっ子、特に男子たちは、最凶の怪人シルバーグにヒーローたちが全員蹂躙《じゅうりん》されてしまうと恐れおののいたそうな。親父は年季の入った特撮オタだから、子どもの頃から憧れていた番組に出演できて気合が入りすぎちゃったんだろうな。

「……あの親父は人知れず人助けしてんだな」

百花ちゃんの姉である桜咲は、妹が推しに助けられたと知ったら驚くだろうな。

紡希は、親父が写った写真を見せてはいないようだから、百花ちゃんが昔の特撮番組に強い関心を示さない限り、妹経由で姉に俺の親父の正体が伝わることはないだろう。桜咲には助けられたこともあるし、俺の親父の正体が推しと判明しようが構わない気もするのだが、桜咲の熱心な名雲弘樹《ひろき》オタっぷりを思うとやっぱり面倒だな。

改めて、紡希を転校させなくてよかったと感じた。

本来なら紡希は、名雲家に来るにあたって、うちの学区の中学に通わないといけなかったのだから。

校長相手に熱心に交渉してくれた親父に感謝だ。

★

紡希と百花ちゃんの友情の話を聞くなどしていると、百花ちゃんが帰る時間になった。

百花ちゃんはこの日も、姉が迎えに来るのだと言っていた。

外は暑い。庭ではなくエアコンの効いた我が家で、桜咲を待つことになる。

紡希と百花ちゃんは、キッチンの近くにあるテーブルにいた。帰る間際《まぎわ》になっても、二人は仲良くおしゃべりに興じている。この調子だと一日中だろうと話していそうだな。

俺はキッチンにいて、結愛の横で夕食の準備の手伝いをしている。料理担当を全部結愛に押し付けるわけにもいかないからな。

庭に面した窓の方を見ると、夏の夕方だけあって、まだまだ外は明るかった。

百花ちゃんはしっかりしているし、このあたりは治安もいいしで、わざわざ迎えに来る必要はあるのだろうか？　と思ってしまうくらいだ。

「桜咲さんは、妹を大事にしているんだな」

俺は素直に感心してしまっていた。

「瑠海んトコって共働きだし、昔から瑠海が妹の面倒見てたみたいだよ？」

結愛が言う。

「そうか、娘感覚なのか」

「ケンカもしたことないって言ってた」

「百花ちゃんは揉《も》めそうな感じしないもんな」

「その辺がちょっと不満らしいんだよね、瑠海としては」

「贅沢《ぜいたく》な不満だな」

百花ちゃんは温厚なだけに、不満を溜《た》め込んでしまいそうなタイプではあるから、揉めることになろうとも本心をぶつけてほしいという思いがあるのだろう。

「慎治はどうなの？　紡希ちゃんとケンカしちゃいたいって思う？　あ、もちろん仲直り前提で――」

そう言いかけた途中で、結愛がぎょっとした顔をした。

「なんで泣きそうになってんの？」

「結愛がこの世の終わりの光景を想像させようとするからだ……」

「あーもー、ハナ出ちゃってるじゃん」

眉をハの字にした結愛は、ティッシュをつまみとって俺の鼻に当てる。

「ほら、ふんってして、ふんって」

「俺は赤ちゃんじゃないんだが」

結愛が鼻に押し当てていたティッシュを手繰り寄せ、自分で鼻をかんだ。もはや片手で鼻をかむなど造作もないことである。

「仲直り前提って言ってるのに涙ぐむことないでしょ」

ちょっと呆《あき》れたような顔をする結愛だった。

「泣いてない。たまねぎが目に染《し》みただけだ」

「慎治はキャベツ切って涙出んの？」

結愛は、ちょっと前まで自ら刻んでいた、まな板に載った緑色の半円形の物体を示した。

「うるさいな。兄妹《きょうだい》っていうのは、そういうもんなんだよ」

まあうちの場合は血縁上はいとこ同士なわけで、事情は多少特殊ではあるが。さらに妹が可愛いとなればレア度は増す。俺の苦悩に共感してくれる人間はそういないだろう。

「……でも、慎治の気持ちもわかるかも」

「そうだな。結愛だって、紡希とは仲がいいんだから、ケンカになんてなったら悲しいなんてレベルじゃないもんな」

結愛と紡希がケンカする光景なんて想像しにくいけれど。不注意で紡希を傷つける可能性がある俺と違って、揉める要素が見当たらないから。

「紡希ちゃんのことじゃなくてもさー、兄妹げんかって……」

俺に微笑みかけようとする結愛だったが、どういうわけか、上手《うま》く表情を出せないみたいに眉間にシワを寄せたので、俺は違和感を持つのだが。

「……だね。紡希ちゃんとケンカなんてことになったら、私もめっちゃ落ち込むかも」

紡希と結愛が揉めるところなんて想像できなかった俺と違って、詳細に想像してしまったのか、結愛は深刻な落ち込み方をしているように見えた。

「安心しろ。そんなことありえないから」

このままじゃひょっとして泣き出すんじゃ？　と心配になった俺は、慌ててフォローする。

「……紡希は結愛のこと超好きだし、それに、万が一ケンカになっても、俺が仲直りさせるし」

「あはは！」

不安を吹き飛ばすようなカラッとした笑い声が聞こえる。

「慎治ってば、めっちゃ頼もしいじゃん」

俺の背中をバシンバシンと叩《たた》いてくる。ちょっと力強すぎなんだよなぁ。

「じゃあ、もしきょうだいとケンカしちゃったら、慎治が助けてね？」

キッチンではなく、しっかり俺と向かい合うように体を移動させてくる。

「任せろ」

胸を張って言い切ることができた。

よく考えれば、結愛と紡希がケンカすることなんて、絶対にないのだから。

そもそも俺が出る幕なんてないって話。

「マジで？　じゃあ慎治の胸で泣いていい？」

「なんで泣くんだよ。喜ぶか安心するところでしょうが……」

俺に構うことなく、結愛は顔面を俺の胸元に埋《うず》めてグリグリしてくる。

「おかしなヤツ……」

結愛以上におかしいのは、結愛の頭から発生する甘く爽やかな匂いに安心感を抱いてしまう俺の方だ。どうしちゃったの、俺……。

そんな俺たちに視線を向ける人影が二つあった。

「見て、百花。結愛さんと慎治兄さんがまたイチャついているわ」

「創作意欲が湧いちゃうよね」

「百花がスランプになることはありえないわね。困ったら、うちに連れてくればいいんだもの」

俺は、夕食の前だというのに、中学生組に「エサ」を与えるハメになってしまうのだった。

◆3【プロレスラーではない親父の側面】

親父が帰ってきた。

日本一のメジャー団体『朝日プロレス』を主戦場に戦う親父だが、海外のプロレス団体からオファーを受けて約一ヶ月の海外遠征に出ていたのだった。

『来月には、たとえ追加でオファーがあろうと戻ってくる』と、出発前に言った言葉を守ったかたちになる。

俺もいい年だし、別に寂しいと感じることはなかったけどな。

なんだったら、親父の気が済むまで海外遠征をしてくれてもいいと思ったくらいだ。

なにせ、親父がいない間に、俺は怪我《けが》をして、一時的に結愛が名雲家で暮らすようになったわけで、その経緯をこの豪快な男に話したら……。

「マジか！　おめぇやるじゃねぇか！　よーく体張ったな！」

ほら、怪我をした事情を話したら、人助け自慢みたいで恥ずかしくなる。

そのおかげで結愛がうちで暮らすことになったと説明すれば……。

「へー、ほーん。結愛ちゃんと一つ屋根の下でずっと一緒なんて最高だろ？」

おっさんのニヤニヤ顔が間近に迫って鬱陶しいし……。

夕食後、親父と俺はリビングにいて、食事用のテーブルに座っていた。

そして、結愛も親子の団らんに同席している。

「お父さん、お酒減っちゃってますよ？」

結愛は親父の横に立ち、グラスに缶ビールを注《つ》ごうとする。

「『お義父《とう》さん』ねぇ。いい響きだな」

グラスが金色の液体で満たされ、親父の満足度まで増していくように見えた。

「親父、発想の飛躍はやめろ。『慎治のお父さん』って意味だからな」

「私としては、『お義父さん』呼びのつもりだったんだけどなぁ」

結愛が悪ノリをするせいで、アルコールが入っているわけでもないのにこっちの顔が熱くなってしまう。

「そうだ、いい報告があるぜ。もしかしたらおめぇはもう知ってるかもだが……オレ、今年は『GL』出るからよ」

これ以上ないくらいのドヤ顔をしてみせる。

『GL』とは、『グレイテスト・リーグ』という、朝日プロレスが主催するシングルリーグ戦だ。約一ヶ月の長期に渡って、真夏の日本各地を転戦しながら、朝日プロレス最強の男を決める。

朝日プロレス主催の大会だが、所属選手だからといって出られる保証はなく、フリーランスや他所《よそ》の団体のエース級レスラーまで参戦することがあるので、出場選手としてエントリーされれば、それだけでステータスになるくらい格式が高いのだった。

「親父《おやじ》、今年は出られるのか」

親父から教えられるまでもなく、朝日プロレスの公式発表では、すでに親父の『GL』出場が伝えられていた。

親父は去年、エントリーから漏れてしまった。ヒールレスラー名雲弘樹として、リング上やバックステージやプロレスマスコミへのコメントでは朝日プロレスへ不平不満を口にしていたのだが、去年はちょうど、彩夏さんが大変な時だったので、とても一級の舞台に立てるコンディションではなかったのだ。

「春のトーナメントに優勝して、武道館で王座戦やってるヤツを『出さねぇ』とは言えねぇだろ」

彩夏さんが亡《な》くなってから一段落して、親父も上手く気持ちを切り替えられたのか、春

以降はコンディションを保っているからな。

「あとな、いい報告はこれだけじゃねぇんだぜ？」

得意気な顔で、親父が言う。

「オレ、ドラマに出ちゃうんだよな！」

「えっ？　テ○朝の？」

思わず俺は、聞き返してしまう。

「違《ちげ》ぇよ。なんで一択なんだよ」

「じゃあア○マのネットドラマか」

「おめぇはオレをバーター扱いしてんのか？」

「○テレはもうプロレス中継やってないし……」

「だから、テレビ局との繫《つな》がりを前提にしてモノを考えるんじゃねぇ。おめぇはもっとニュース見ろ。由緒《ゆいしょ》正しい東○ポのＷＥＢ版にもちゃんと載ってるだろうが」

「親父は東ス○をクオリティペーパー扱いしてるところがあるよな」

仕方なく俺は、スマホで記事を調べようとする。

「あ、ホントだ。刑事ドラマみたいだね」

俺より先に記事を見つけたのは、結愛だった。

結愛が見つけたんなら俺が探さなくてもいいや、とばかりに、俺は隣の結愛のスマホを覗《のぞ》き込む。

「親父はどんな罪を犯した役？」

「なんで犯罪者役だって決めつけんだよ。弁護士役かもしれねぇだろうが」

「そんなムキムキで強そうな弁護士がいるかよ。力でなんでも解決しそうだろうが」

「あれ？　でもこのドラマって前に……」

結愛の語気が弱くなった理由は、すぐにわかった。

ドラマの主演を務めるのは、あの篠宮恵歌《しのみやけいか》だったからだ。

そうか……これ、以前篠宮恵歌が主演として番宣をしていた映画か。

「人気あって、テレビシリーズ化したみたいだね」

俺に微笑《ほほえ》みかける結愛だが、極力主演には触れないようにしている気遣いが見て取れた。

俺は、腑《ふ》に落ちなかった。

『篠宮恵歌と共演するとわかっていて、どうして引き受けたんだよ？』

そう訊《き》きたかったのだが、俺は親父の前で、篠宮恵歌の話をほとんどしたことがない。

あまりにハードルが高い質問だった。

離婚した家庭では、親権を持った親が、別れた相手を悪く言って、子どもがそちらに悪感情を持つこともあるそうだ。

だが俺は、親父が篠宮恵歌を悪く言ったのを聞いたことがなかった。

別れた相手とはいえ息子にとっては母親だから悪く言うなんてもってのほか、と、親父が考えている可能性はある。今でこそ豪快で粗野なイメージで売っている親父だが、元々育ちはいい。自分の感情に飲み込まれることなく、冷静に判断した結果かもしれない。

親父の真意がわからないからこそ、篠宮恵歌のことを訊けずにいた。

いや、訊こうとしたことはある。

俺がまだ五歳で、親父と篠宮恵歌の離婚を東ス○で知ってしまった直後のことだ。

どうして母親がいなくなったのか、俺は泣きながら理由を訊《たず》ねた。

『ごめんな、慎治。全部オレの力不足だから、それ以上のことは聞かないでくれ』

その時の親父は、篠宮恵歌を一切責めることなく、ひたすら俺への謝罪を繰り返した。

一般男性よりずっと大きな体を持ったヤツが、俺に頭を下げる姿を目の当《ま》《あ》たりにして、五歳ながら俺は、篠宮恵歌の話を父親の前でしてはいけないのだ、と悟ってしまった。

今の俺が同じ状況に置かれても、きっと理解はできないだろう。

だから俺は、親父の前で篠宮恵歌への不満を口にできなかったのだ。つまり、長い間、不満や疑問や怒りを誰にもぶつけられなかったということになる。

別に、一緒になって悪く言いたいわけではないが、篠宮恵歌のことを親父がどう思っているのか……本心を知る機会がないのだった。

そういえば親父は、あの時、謝罪の言葉以外にも何か言おうとしていたな。

親父が弱気になって頭を下げまくるなんて異様な光景のせいで、すっかり忘れてしまったけれど……なんて言おうとしていたんだ？

「おい慎治ぃ！　久しぶりに帰ってきたんだから、酒注いで親孝行しろよ。結愛ちゃんばっかやってんじゃねぇか。結婚する前から亭主関白とはおめぇも大物になったもんだな！」

「うるっさー……」

いい感じに酔いが回ってバチクソうるさい親父のせいで、どうでもよくなった。どうせ、謝罪の続きの言葉だろうし。謝罪も度が過ぎるとかえって鬱陶しいんだよな。

仕方なく俺は、結愛の代わりに親父の酒酌《く》み係になる。

「帰ってきたばっかで悪いけどよ、そんなわけで、また巡業やら撮影やらでちょくちょく家を空けることになるんだが」

親父は俺と結愛に交互に視線を向ける。

「結愛ちゃんがいるんなら、何の問題もねぇよな」

「結愛がいるのは、俺の怪我が治るまでだぞ？」

「おっ、慎治。じゃあ結愛ちゃんがもっとうちにいてくれるようにするか？」

「さらっと腕を破壊しようとするなよ」

手四つの構えを始めた親父の額に、空になったビール缶をコツンと当てる凶器攻撃を敢行した。

こうして、名雲家一騒々しいヤツが帰ってきた日の夜は、賑《にぎ》やかに過ぎていくのだった。

◆4【俺の初仕事は水着中学生を見守ることだった】

真夏の日中。

この日も相変わらず暑く、太陽が燦々《さんさん》と俺を照らしていた。

そんな俺の視線の下にはプールがあり、水着姿の中学生男女がはしゃいでいた。

揃《そろ》いも揃って学校指定の水着である。アマレスのユニフォームみたいな水着の女子はともかく、男子はビキニパンツ型じゃなくてよかったな。思春期男子からすれば地獄みたいなデザインだろ、あれ。

水着の中学生に視線を向けているのは、俺が変態だからではなく、仕事だからだ。

　俺は今、中学校のプールで監視員をしていた。

　テニスの審判が腰掛けるようなラダー付きの椅子に座り、不届きなヤツがいないか目を光らせていると。

「げ、名雲くんが中学生の水着見てデレデレしてるんですけど」

　いわれなき中傷は、俺の足元からやってきた。

「真面目に仕事をしていただけだ」

　首に下げたホイッスルを吹きながら、桜咲を指差す。

「だいたい、そんな信用ないなら俺を誘うなよな」

「しょうがないじゃん。ヒマそうなの名雲くんだけだったんだし」

　桜咲は口を尖《とが》らせながら、俺の脚をペシペシと平手で張ってくる。

　そんな桜咲は、俺と同じくボランティアとわかる白いキャップを被《かぶ》っていて、水着の上に白いTシャツを着ていた。

　親父のグッズであるTシャツ……ではなく、その辺から適当に引っ張ってきたような、着古したものだった。名雲弘樹グッズが塩素入りの水に浸《つ》かる可能性を恐れたらしい。

　桜咲を見下ろす位置にいる都合上、首元が緩くなっているTシャツの間から、桜咲のビキニタイプの水着が見えてしまっていた。水着だとわかっていてもTシャツから胸元が見えると、ブラチラしたようで緊張してしまう。桜咲は背丈のわりに胸があるとわかっていたのだが、水着になると余計に大きく見えた。

俺も桜咲と同じく水着にTシャツなのだが、ハーフパンツ型の水着な都合上、このままその辺を出歩けそうな格好だ。もちろん着替えは用意してある。

何故《なぜ》俺が、卒業生でもない中学校のプール開放日に、こうしてボランティアの監視員をしているかというと、桜咲に誘われたからだった。

結愛がバイトを始めると同時に、俺もできる限りの家事をこなすようになっていて、勉強もしないといけないから、桜咲が言うほど俺はヒマではなかった。

だが、紡希が、通っている中学校のプールに行きたがっているとなれば話は別だ。

中学校のプールに遊びにやってくるのは女子だけではない。

男子もいる。

紡希をプールに行かせてやりたいが、わざわざピラニアの潜む河に放り込むような愚行をしたくない俺は、紡希を守るために合法的に中学校に忍び込む方法はないものか勉強時間を削ってまで模索し続けた。

『名雲くん。ヒマならプールの監視員のボランティア、一緒にやらない？』

桜咲からそんなメッセージが飛んできた時、渡りに船だと思って飛びついた。

結果、俺はこうしてプールの監視員をしている。

結愛はこの日もバイトに出かけていて、いくら家族で決めた役割分担があるからとはいえ、俺だけ労働をしていないことに焦《あせ》りを感じてしまっていたから、ちょうどよかった。

公立中学校のプールなので、スパリゾートみたいな豪華な施設とは比べるべくもないが、庭でビニールプールに興じるよりはずっといいだろう。俺だって、紡希の真夏の水泳体験が、あんなビニールプールで終わってしまうのを良しとはしていないからな。

学校指定の水着限定というデメリットがあろうとも、仲良しの百花ちゃんと一緒だからか、紡希はこの日が来るのを楽しみにしていたようだ。

「ほらー、差し入れ持ってきてあげたんだから」

桜咲が差し出してきたレジ袋の中には、キンキンに冷えた炭酸飲料が入っていた。

「……悪いな」

キャップを被り、プールの近くにいるからといって、地上よりも高い位置で炎天下にさらされ続ける環境がキツいことに変わりはない。座っているだけで体中が熱してしまうから、桜咲の差し入れはありがたかった。

ボトルキャップを開ける時に吹き出す炭酸の音だけで、なんだか心地よい気分になってしまう。

「でも名雲くんが引き受けてくれてよかったよ。このままだったら、人手不足でプールの開放もなかったことになってたとこだから」

本来、このボランティアは保護者が行うらしいのだが、両親共働きという家庭が主流の現代では、昼間に学校へ出向く時間がある保護者は少ないのだろう。

「萌花はつむっちと一緒にプール行くの楽しみにしてたからね。中止にしたくなかったわけ」

妹をがっかりさせないように、桜咲は保護者でもないのにこうしてボランティアに参加し、増員を目論《もくろ》んで俺までも引っ張り込んだというわけだ。

「……本当に百花ちゃんの親みたいだな」

以前、結愛と桜咲姉妹の関係性について話した時のことを思い出した。

「なんか言った？」

「いや、なんでも」

桜咲は、俺を結愛の彼氏として２００％適性があると認めているわけではないから、滅多なことは言えなかった。

「どうせ時間を割くんだから、ちょっとはバイト代もらいたいなって思っただけだ」

「何言ってんの。こうして子どものための遊び場を守れたことが宝物でしょうが」

守銭奴が、と桜咲が俺を咎《とが》めてくる。

「まるで善玉みたいだな」

「瑠海はどっからどう見てもベビーフェイスでしょ」

するとと桜咲は、俺と同じく首からぶら下げているホイッスルをピーッ！　と吹き出した。

「こらー！　そこの男子！　プールサイドからのムーンサルトプレスごっこは危ないから もっとキレイなフォームでやりなさいってさっき注意したでしょうが！　膝から落ちなさい、膝から！」

わけのわからない理由で、桜咲はやんちゃな男子中学生のもとへ突っ込んでいく。

確かに、ムーンサルトプレスごっこをしている男子中学生は、水面に腹打ちしそうになってはいたが。

「意外と面倒見いいんだよな、あいつ」

俺は監視台に座り、桜咲はプールサイドにいて、危ないことをしようとしている生徒がいたら注意をしに行く、という分担をしているのだが、俺が見たところ、桜咲は真面目に中学生を監督していた。

紡希を守るべく、男子中学生を警戒していた俺だが、心配する必要はなかったようだ。

過度な暴走行為をするヤツも、紡希に不埒《ふらち》な視線を向けるヤツもいなかったのだ。ヤンキーやチャラい連中は、わざわざ学校のプールになんか来やしないもんな。指定水着とスイミングキャップというクソダサアイテム必須装備なことが効いているのかもしれない。

「慎治兄さん」

桜咲と入れ替わるように、頭にスイミングキャップを乗せた紡希がすいーっと泳いでやってきた。

プールとはいえ、中学校の中にいるからか、例のキャラをつくっている。

泳いでいる時にはしゃぎすぎて、素の姿は出まくりなんだけどな。同級生はいないようだから、紡希のクラス内の立ち位置に影響はないだろうけれど。

「慎治兄さんも泳いだら？」

「俺は仕事中だし、まだギプスだからなぁ」

「でも、浸かるくらいなら平気でしょう？　もうけっこう人減ってるし、それくらいならいいんじゃない？」

紡希の言う通り、プールの人口は、昼食時をピークに徐々に減ってきていた。

開放されているとはいえ、あくまで学校の施設なので、夕方頃には閉場する決まりになっているからか、長居をするような場所ではないのだ。せっかくの夏休みを学校のプールで一日ずっと過ごす気もないだろうしな。このあと、塩素の匂いをさせながら友達の家なり町に出るなり近場のショッピングモールなりで過ごすのだろう。

「そうですよ、お兄さんも暑い中ずっといたんですし、それくらいしていいと思いますよ」

百花ちゃんまで、紡希の隣にやってきて俺を誘う。

俺は真面目人間で融通が利《き》かないところがあるから、監視員の仕事でここへ来ているのにプールで遊んでしまうのはいかがなものか、と考えてしまうのだが、優等生の百花ちゃんから誘われたら、まあいいか、という気分になってしまう。

「名雲くんはどうせ運動不足なんだし、ちょっと水中でウォーキングしたらいい運動になるんじゃない？」

ムーンサルトプレスの指導を終えたらしい桜咲が寄ってきて言った。

なんだぁ、俺をお年寄りのレクリエーションに誘うみたいに……。

桜咲は、髪を手早くまとめてスイミングキャップを被ると、Tシャツ姿のままプールに身を浸す。

「ほらー、慎治兄さんも早く〜」

「冷たくて気持ちいいですよ〜」

紡希と百花ちゃんが俺を誘う。

「やめろやめろ、恋人に裏切られて身投げしたせいで男と見るや海に引きずり込もうとする地縛霊みたいになってるぞ」

地縛霊ムーブを始めた女子三人組に負けて、結局俺もプールに浸かることになる。この時になると、水面が夕焼けを反射していて、プールにいる人間はほぼ俺たちだけになっていた。

俺は片腕ギプスボーイなので、もちろん泳ぐことはできなかったのだが、片腕を軽く掲げたまま、泳ぎ始める女子三人組の姿を眺めていた。

「……結愛も連れてきたかったかもな」

この場に結愛がいたら、一緒に交ざって遊び始めることが容易に想像できた。

「そういえば、結愛のバイト先に行ったことなかったなー」

結愛は勤務先を隠していないから、行こうと思えば行けた。だが、結愛に見せてもらった写真から、おしゃれなカフェらしいことがわかって、勝手に俺が怖気《おじけ》づいていただけだ。

結愛が働いているのは、金銭的なこともそうだし、自分の意志を貫くためでもある。バイトに時間を割かなければいけない都合上、こうして、いたかったであろう場所にいられないデメリットもある。

「……今度、行ってみるか」

バイトをしていないからこそ自分の仕事である勉強に集中しなければいけない、という思いがあったのだが、今日こうして桜咲からプールの監視員として引っ張り出されたことで気が変わった。一度、勉強を放り出してこうしてボランティアに参加したのだ。結愛のバイト先へ行くために、時間を割くことくらいなんでもない気になっていた。

◆5【こうなったのも全部結愛のせい】

紡希を映画に連れて行くことになった。

本当は百花ちゃんと一緒に行きたかったそうなのだが、どうやら百花ちゃんは紡希が好むホラー映画は苦手らしい。

「百花は趣味が偏ってるから」

出かける前、玄関に立った紡希が言った。

「恋愛モノは恥ずかしいからってダメだし、コメディも興味ないみたいだし。アクションとかファンタジーは筋肉モリモリの人が出てくるヤツだけ好きみたいなんだよね」

しょうがない子ね、とでも言いたげな顔で、紡希がため息をつく。

「マッチョが出ていればアリなのか？」

「百花のお父さんが、『木曜洋画◯場』大好きだったんだって」

「罪深いな」

セガール神拳やヴァンダミングアクションの洗礼を受けているのなら、そうなるかもな。

仲良しの百花ちゃんが行けないので、代打として俺に白羽の矢が立ったわけだが、正直なところ、俺はあまり気が進まなかった。

だって紡希が観《み》たがっているのは、篠宮恵歌が主演しているホラー映画なのだから。

映画の番宣をしていた昼の情報番組に食いついていた時点で、こうなることは予想できたのだが……紡希の頼みを断るわけにもいかないからな。

俺は、篠宮恵歌を良く思ってはいない。

だが、紡希の前では、そんな態度を絶対に出したくなかった。

俺の個人的な問題に紡希を巻き込みたくなかったし、それに、あんなヤツでも「母親」だ。彩夏さんという母親を失ってしまった紡希の前で、まだ生きている母親を否定すればどうなるか、わからない俺ではない。

「慎治、平気なの？」

玄関の戸締まりをしていると、結愛が声をかけてきた。

「何がだ？」

結愛の心配そうな口ぶりから、何を言いたいのかはわかる。

「あの映画でいいの？」

「大丈夫だ」

紡希が、玄関から離れた門のあたりで待っているのを確認してから、俺は答えた。

この日は、結愛のバイトが休みだったので、一緒に行くことになっていた。

「……これでも俺は、ヤツが主演しているドラマや映画は結構観てるから、多少の耐性はできているんだ」

「あれ？　前に、絶対観ないよ、みたいなこと言ってなかった？」

「いや、結愛の言う通りだったんだけど、最近は違うんだよ」

俺は結愛と目を合わせずに続ける。

「試しにドラマとか映画とか色々観てみたら、案外平気だったんだ」

「へえ。いいことじゃん。楽しめることが一つ増えたね」

結愛は俺に気を遣いながらも、嬉《うれ》しそうにしていた。

親と一悶着《ひともんちゃく》ある身なのは結愛も同じなのだが、だからこそ、少しでも関係改善のチャンスがあるのなら、失《な》くしてほしくないのかもしれない。以前俺が、結愛に対してそう願ったのと同じように。

「他人事《ひとごと》みたいに言ってるけど、結愛のおかげだからな？」

「えっ？　誰の？」

「なんで急に耳悪くなるんだよ。絶対聞こえてただろ」

そんな満面の笑みを浮かべておいて……。

「聞こえてないよ～。誰のおかげか、もう一回言って、もう一回」

ねだってくる結愛は、無事な方の俺の腕を摑《つか》んで、ゆらゆら揺すってくる。

これは、言うまで離してくれないやつだ。……仕方がない。

「結愛のおかげで、変に篠宮恵歌のことを意識しないで済むようになったんだよ。フラットに作品を観られるようになったっていうか、素の篠宮恵歌じゃなくて、作品のキャラとして観れば嫌悪《けんお》感もないんだ」

「そっかー」

俺の答えに納得してくれたのか、結愛は満足そうに微笑《ほほえ》んだ。

「私に愚痴れるようになったのが、よかったのかな？」

そうかもしれない、と俺は思った。

不満や嫌悪感を溜《た》め込むことなく、結愛に不満を吐き出せるようになったからこそ、役者は役者、作品は作品、と割り切れる程度の余裕を持てたのだろう。

いくら嫌っていようが、俺は篠宮恵歌を意識することから逃れられない。

昔の記憶すぎて、俺には篠宮恵歌がどんな母親だったのか思い出せないし、親父《おやじ》の前で篠宮恵歌の話をできない以上、ドラマや映画のようなフィクションだけが、篠宮恵歌を知ることができる手がかりだった。

だから、結愛のおかげで余裕ができたのは、まあいいことなのだろう。

などと思っていると、結愛が急にこちらを受け止めるみたいに両腕を広げた。

「なんだ？」

「感激のあまり抱きしめちゃいたくなってるかと思って」

「俺にそんな欧米要素はない」

「Shinji……」

「発音それっぽくすればいいってもんじゃないだろ……」

「まあまあ、いいじゃん」

結愛は、俺の左腕に差《さ》し障《さわ》りがない程度に、俺の体にそっと腕を回してきた。

絶妙な力加減のせいか、照れを理由として振りほどくことすら忘れてしまう。

「前にも言ったけど、私は慎治のお母さんのイメージって慎治ほどは悪くないんだよね」

俺は言葉を失いそうだったけれど、そういえばそうだった。

結愛は、『篠宮恵歌が優しくて家族を大事にする役ばかりやるのは、離婚した後悔があるからだ』という荒唐無稽な説を唱えた一人だった。結愛の家で勉強合宿をした時に、そんなことを言っていた。

「慎治と離れたこと気にしちゃってる人だって思ってるし。お母さんのこと知れるヒントが増えたんなら、そのうち慎治が持ってるイメージだって変わっちゃうんじゃない？」

「……変わるはずないだろ」

断言してみせるのだが、不思議と胸の内に頑《かたく》なな気持ちはなく、もしもの可能性を受け入れてしまいそうなくらい柔らかくなっていることに戸惑ってしまう。

いや、これは別に、俺が篠宮恵歌を許しているわけじゃない。結愛に抱きしめられてしまっているからだ。女子に触れられて、きゅんきゅんしちゃっているだけ。俺は女子への免疫が皆無に近いから。

「シンにぃ～、結愛さんとイチャつくのは映画館でもいいでしょ～？」

門で待つ紡希にバッチリ見られていて、こちらに手を振って、早くせよ、と急《せ》かしてくる。

「ああ、今行く」

俺は、右腕にくっついたままの結愛と一緒に、紡希の下へと向かった。

★

篠宮恵歌主演のホラー映画は、大手の配給なので、ショッピングモールの中にあるシネコンでも上映されていた。一日あたりの上映回数が多いあたり、期待されているのだろう。

無駄遣いは避けるたちの俺だが、紡希にねだられて、ポップコーンやジュースを購入してしまった。結愛に至ってはパンフレットまで購入してやがる。結愛の場合は自腹だから、俺が口を出す権利はない。

券売機にて、チケットを購入する。ちょうど中央の席が三人分空いていた。

劇場の中に入り、紡希をセンターにして、左と右にそれぞれ俺と結愛という構図になる。

篠宮恵歌のフィルモグラフィの中では珍しいジャンルということもあり、普段はそう混むことのない劇場内も、この日はほぼ満席だった。夏休み真《ま》っ只中《ただなか》という時期も関係しているのか、俺たちと同年代らしき観客も多い。

上映開始まであと数分あり、館内はまだ明るく、観客の話し声が響いていた。

「紡希、怖かったら俺の手を握ってくれていいぞ」

俺は、右手を紡希に差し出す。無事な方の右手だ。存分に頼ってくれよな。

「怖いとか思わないから平気なんだけどなー」

頬を膨らませて、俺の手のひらをぐいぐいとこちらに戻そうと押し出してくる紡希。

紡希は、ホラー映画好きとしてのプライドからか、いくら怖くても素直に泣きついてくることはないのだった。

「じゃあ俺が怖くなったら紡希の手握ってもいいか？」

半分は冗談で、もう半分は本気だった。

なにせ、篠宮恵歌を大スクリーンで観るのは初めてだからな。ヤツの顔が大画面で映し出された時に、アレルギー的な何かでぶるぶると体が震えてしまうことも考えられる。

「慎治、なんか鼻息荒くなってない？」

結愛が呆《あき》れ顔《がお》で、こちらに身を乗り出してくる。

結愛はほんのりと俺を変態扱いしているところがあるよな。

「そうだよ、怖いなら結愛さんと手繋《つな》いじゃって」

「ここからじゃ結愛は遠いしなぁ」

だからといって、席を替わる必要はないけどな。紡希をセンターに置いているのは、知らない人が紡希の隣に座らないようにするためだ。上映中は照明が消えるわけで、痴漢行為を働こうとする不埒《ふらち》な輩《やから》から守らなければならない。

「だったら、私が手伸ばせば済むことじゃん？」

そう言って、結愛が手を伸ばしてくる。

「ほら、シンにぃも！」

何故《なぜ》か俺まで紡希に促され、結愛へと手を伸ばすことになってしまう。

「これでよし！」

目の前で、人の手によるシートベルトが完成したことで、紡希は満足そうに頷《うなず》いた。

「結愛さんがバイト始めてから、シンにぃと一緒にいる時間減っちゃってたもんね」

紡希は、そのために俺を誘って映画に行きたがったのだろうか？

「じゃあせっかくだし、手繋いだままでいよっか？」

結愛が言った。

「そうだな」

紡希は、繋がったままの俺と結愛の手を両手でガッチリと包んで離そうとしないので、そもそも俺に拒否権はなかった。紡希が用意した舞台を無駄にするほど無粋でもない。

幸い、席同士が近かったおかげで、伸ばした腕が疲れるようなことはなかった。

そうこうしているうちに、劇場内が暗転した。

スクリーンに、上映中の諸注意や予告が映し出される。

いざ上映が近くなると、冷静に観《み》られるかどうか不安になりそうだ。

だが、もはや握り慣れた気すらする結愛の手のひらの感触に浸っていると、不安を覚えるようなことは何もない気がするのだった。

◆6【本当にあった怖い話】

上映終了後、俺たちは、シネコンが入っているショッピングモールのカフェにいた。

ボックス席で、椅子はソファになっていて、窓際《まどぎわ》にいる結愛の隣に俺がいる。その向かいに紡希が座っていた。俺と結愛が隣同士なのは、そうしないと紡希が不満そうにするからだ。

軽く食事をしながら話していると、その話題の中心はやはり、観てきたばかりの映画のことだった。

「ホラー映画の皮を被《かぶ》ったヒューマンドラマだったなー」

俺の大雑把な感想が、それだった。

篠宮恵歌の主演作は、ヒューマンドラマにホラー要素を組み込んだ作品だった。

そのホラー要素も、観客を怖がらせるためではなく、泣かせるための演出として使われていたから、ホラー映画を期待して観に来た客は肩透かしを食らったかもしれない。

公開初日だから、まだそれほど多くないものの、すでに感想サイトやシイッターには、賛否両論の評価になることが予想できるコメントが寄せられていた。

「ホラーだと思ってたのに……ホラーじゃなかった！」

わかりやすく怖い演出を好む紡希からすれば不満が残る出来だったらしい。口をフグみたいにしてぷんすか怒り始める。

「死んだと思ったら死んでないし、血も出ないし体もバラバラにならない……！」

怒りのポイントが恐ろしくて、俺は思わず『つ、紡希……？』とうろたえてしまう。

たぶんほら、紡希なりの熱いホラー観があるのだろう。決して、闇を抱えているわけじゃないはずだ。紡希は、エンタメとしてド派手なスプラッタが好きなんだよね……。

「私はよかったと思うけどなー」

珍しく紡希と真っ向勝負するような意見を出してきたのは、結愛だった。

「鈴河さんが、子どもの頃に亡《な》くなったはずの双子の妹と人生がスイッチしちゃって、自分の家族が双子の妹のものになっちゃったのを幽霊状態で眺めるしかできないのって、なんか、うわーって来るものあったんだよね」

結愛は小さな子どもみたいに両手を大きく広げて体全体で感動を表す。

ちなみに結愛が言う、『鈴河さん』というのが、篠宮恵歌が演じる主人公役である。既婚のキャリアウーマンで、仕事は順風満帆だけれど、家族それぞれが問題を抱えていて、充実した家庭生活とは言い切れない環境にいるという設定だった。働き詰めの生活の帰り道でトラックに撥《は》ねられたことがトリガーとなって、死産したはずの双子の妹が、鈴河さんの代わりに鈴河さんの人生を生きているというおかしな世界に変わってしまう。

「しかも、自分じゃなくて双子の妹がお母さんやってるバージョンの方が幸せそうに見えちゃうっていうのがめっちゃエグかったっていうかー」

結愛はよほど感銘を受けたのか、語り口が熱っぽかった。

「そんなの、申し訳程度のおばけ要素だよ……」

結愛が絶賛しようとも、紡希は不満らしい。

「ホラーなら呪い殺すとかしてよ〜。ぼんやりしたおばけになってただ見てるだけじゃつまんないよ」

とうとう紡希はふてくされて、突っ伏してしまう。

紡希と意見が割れるのは初めてだろうが、結愛は動揺することもムッとすることもせず、優しく微笑《ほほえ》みかける。

「じゃあ紡希ちゃん、こう考えてみてよ」

手元のカップをかき混ぜながら、結愛は窓の外を見た。この日は相変わらず暑いながらも、曇り空のせいで景色が暗く、窓ガラスが鏡のようになってしまっていた。

「もし紡希ちゃんが、映画の鈴河さんみたいな立場で、紡希ちゃんに双子の妹がいたとしてさ、今の紡希ちゃんのポジションとそっくり入れ替わっていて、自分がそこにいた時よりずっと周りが幸せそうだったらどうする？」

「え、え〜？」

紡希は、結愛の質問を真面目に受け止め、必死に考えていた。

こういうロールプレイを試みるのはいいことだと思う。創作物の魅力って、自分ではない他人の人生を想像する機会を得られることにあると思うから。よく、作り物だから、という理由でフィクションを毛嫌いする人がいるけれど、俺は、フィクションを通してモノを考えている自分自身は確かに存在するし、想像するという作業は疑いようもなくリアルなことだと思っている。だから俺からすれば、フィクションに触れることだって立派な人生経験だ。

「だからね、今は紡希ちゃんが慎治と私の間にいるけど、それが自分とよく似た自分じゃない人がそこにすっぽり収まってて、紡希ちゃんは外から見てるだけで、自分がいた時より家族が幸せそうで、あれ？　私いらなくない？　って思っちゃったらどうする？」

紡希に体を寄せるように、テーブルに身を乗り出す結愛。

ひょっとしたら結愛は怒っているんじゃないかと思った。

ここまで具体的に想像させるのは、ロールプレイという遊びを超えて、残酷な仕打ちをしているように思えたから。

「え、え～っと……」

紡希は、俺と結愛に視線を行ったり来たりさせる。

「結愛さんとシンにぃが、わたしみたいだけどわたしじゃない、他の人と一緒にいたら……」

紡希の瞳が潤み始める。

彩夏さんという家族を失った紡希にとって、結愛を含めた名雲家は、今となっては心を落ち着けられる場所になっているはず。

それを丸々失うなんて、紡希からしたら、いや、紡希じゃなくても酷なことだ。

「もういいだろ、殺し合いをしてるんじゃないんだぞ……」

見かねた俺は、ドラゴンストップをかけた。

このまま放っておいたら、具体的に想像しすぎて紡希が泣き出しそうだったからな。

「ご、ごめんね、紡希ちゃん……」

流石《さすが》に結愛もやりすぎたと思ったのか、メニュー表を紡希に差し向けて、食べ物を奢《おご》って謝罪代わりにしようとしていた。

「つい熱くなっちゃって。私、自分のことしか考えてなかったかも……」

コミュニケーション強者で、踏み越えてはいけないラインを心得ているはずの結愛にしては珍しい失態だと思った。

「そうまでして論破したかったのか？」

それってあなたの感想だよね？　では済まされない何かがあったのだろうか？

「いやほら、いい映画だったから……ついつい熱く語りたくなっちゃったっていうか」

結愛にしては歯切れが悪かった。

議論に熱が入るくらいだから、結愛からすれば本当にいい映画だったのだろうし、俺もそれを否定する気はなかった。

慎治、ちょっとごめん、と断ってから、結愛は紡希の隣に腰掛け、フォローに入ろうとする。やっぱり俺がそうするよう促すまでもないよな。

「ごめんね、紡希ちゃん。怖がらせちゃって」

「ううん、いいの」

紡希にはもはや、めそめそした雰囲気はなかった。それどころか、すぐ隣にいる結愛に頭をなでられてご満悦の表情だ。

「結愛さんのおかげで極上のホラー体験を味わえちゃったから、気にしてないよ」

映画には不満だった紡希だが、結愛が想像させたシチュエーションにはダメージを受けつつも、不足していたホラー成分を十分に満たせたようだ。

それほど恐怖を持ったなんて……俺は今後紡希に、結愛が想像させたようなことを現実にしないように努めなければいけないようだ。

「それに、わたし知ってるから。結愛さんが――」

「……どうした？」

何かを言おうとしていた紡希だが、途中でやめ、じっとこちらを見ているのが気になった。

俺、またなんかやっちゃいました？　とかなんとか言いたくなる。

「シンにぃもこっち来たら？」

紡希は、隣の結愛の手をきゅっと握りながらこちらを見つめる。

勢いで紡希が突然そんなことを言い出した理由なんて明白だから、俺はテーブルを飛び越える勢いで紡希の隣に座りたかったのだが、あいにく怪我《けが》をしている。それに他人の目がある外だ。そもそも俺にそんな身体能力はない。

「仕方ねぇなあ」

甘えんぼうだな、もっと甘えていいぞ、という気持ちを隠しながら、俺はクールに立ち上がるぜ。

「慎治、ニヤニヤしすぎて失敗した福笑いみたいになってるけど？」

ニヤニヤしているくせにケチをつけようがない顔をした結愛が言う。

こうなったら隠したって無駄だ。

「紡希から必要とされちゃったんだから、幸せに満たされたってしょうがないだろ」

「シンにぃ、そういうのは結愛さんに激しく求められた時ようにとっておいて」

「言い方に語弊があるなぁ……」

紡希が時折ぶっこんでくる不穏なワードは、例の大人ぶりモードとキャラを使い分けていることの弊害なのだろうな。

「じゃあ帰ったら早速慎治に言っちゃおっかな。『ね～慎治ぃ～、お風呂《ふろ》の掃除しといて～』って」

「単に雑用言いつけてるだけじゃねぇか」

「私と慎治で入るんだからー、綺麗《きれい》にしといた方がいいでしょ？」

「あんなことはもう二度としないぞ……」

紡希のシャンプー係はもちろん続けるけどな。

とはいえ、最近は結愛もただ俺を徹底サポートするだけではなく、今の俺でもできそうなことは任せてくれるようになった。結愛が俺のサポートをするのは、罪悪感によるところが大きいから、遠慮なく仕事を回してくれるようになったのは嬉《うれ》しかった。そもそも結愛が責任を感じないといけないことは何一つないわけだからな。

「じゃ、そっち行くから紡希も結愛も立ってくれ」

そして映画を観《み》ていた時の座席と同じ配置になる。つまり、紡希をセンターとして、両隣に俺と結愛がいるわけだ。

「落ち着くなぁ」

ニコニコの紡希は、俺と結愛にそれぞれ手を繋《つな》がれていた。

ホラー映画を観るために出かけた当初からは想像できないくらい、ピースな空気に包まれてしまう。

ホラーで残酷なことが起きるのは、映画の中だけにしてほしいものだ。

■第三章【サマータイム・ブルース】

◆1【彼女の職場に押しかけたら】

夏休みは中盤に差し掛かろうとしていた。

紡希《つむぎ》が百花《ももか》ちゃんのところへ元気よく出かけていったその日。

俺は、かねてから温めていた計画を実行することにした。

学校の宿題はとうに終わり、夏休み前に計画していた勉強量を消化できる見通しがたった今、ようやく行動に移す時がきた。

結愛《ゆあ》のバイト先にこっそりお邪魔するつもりだった。

別に、結愛はバイト先を隠しているわけでもないし、『慎治《しんじ》もヒマだったら来てよ～』だなんて営業までしていたくらいだから、こそこそすることはないんだけどな。

ギプスのせいで腕が暑い上に自転車を使えない中、徒歩で駅まで向かい、電車で二駅分乗ったところで降りる。

最寄り駅から五分ほど離れた、高層マンションが建ち並ぶ小綺麗《こぎれい》な一帯に、その喫茶店はあった。

　カフェ文化が発達した西洋のカフェテリアを模したような外観の木造の建物は、きっとおしゃれな連中ばかりいるんだろうなぁ、という被害妄想を抱かせ、店内に入ることすらままならず周囲を歩いて時間稼ぎをしてしまいそうになる。

　だが、今日の俺は、そんな情けない怖気《おじけ》づき方なんてしない。

「へぇ、ここが結愛っちがバイトしているカフェね」

　桜咲《おうさき》が一緒だからだ。

　隙あらばダメ出ししてくる可能性があるから、ちらっとでも情けないところを見せたらアウトなのである。

　まあ、一人ではなく桜咲を連れてきている時点で情けないと思われそうだが、桜咲の方から『せっかくだから行きたい！』とメッセージを送ってきて、ついてきてしまったのだから仕方がない。桜咲も遊びなりバイトなりで忙しかったから、結愛のバイト先に立ち寄ることはなかったようで、見るからに楽しみにしていた。

「桜咲さん、あんまり騒いで迷惑かけないようにしてくれよな」

「なんで騒ぐこと前提なのよ？」

「結愛が制服で働いてるところ見たらキャーキャー言って写真撮りまくりそうだから」

「撮らないって〜の」

ラティーノヒートなノリで反論をしてくる桜咲。

へぇ、まともなところもあるんだな、と思ったのも束《つか》の間《ま》。

「スマホの写真より……瑠海《るみ》の肉眼に焼き付けときたいから、じっくりねっとり見ちゃうつもり」

突然、スッ……と腕を上げた桜咲の手には目薬があった。

「これがあれば瑠海の目はいつでもベストコンディションってわけ」

「想像より重症だったか」

「瑠海のことより、名雲《なぐも》くんの方こそはしゃがないでよね！　お客に、『あの子、めっちゃ可愛《かわい》いだろ？　おれの彼女なんだぜ？』とか言い出したら伝票だけ残して帰るから！」

「俺にそんな積極性とイキり体質はない」

そして奢る気も割り勘する気もないぞ。これはデートではないから、自分の分は自分で支払ってくれ。

「ていうか名雲くん、いつの間にか瑠海の前でも結愛っちのこと名前で呼ぶようになったんだね？」

桜咲に、肘の先で背中をつんつんされてしまう。

しまった。ついいつもの調子で結愛を名前で呼んでしまった。桜咲はクラスメートだから、油断して教室で『結愛』と呼んでしまう心配がないように、『高良井《たからい》さん』呼びで通していたはずなのに……。

夏休み中ということで、桜咲とはたまにしか顔を合わせなくなっていたから、警戒心が鈍ってしまっていたのだろう。

「ま、夏休みだもんね。今、一緒に住んでるんだもんね。瑠海はヤボじゃないから、休みの間になにがあったかは詳しく聞かないよ」

ヤボなことで頭がいっぱい、という顔で、桜咲がニヤニヤしている。

桜咲は、俺と結愛が付き合っていると思っていて、『彼氏』である俺に対する視線も厳しい。『いや、何もないから』と本当のことを言えば、桜咲を怒らせてしまいそうだ。

「……ほら、早く入るぞ」

だから俺は、桜咲の勘違いに訂正を入れることはできないのだ。

「あらあら、名雲くんったら恥ずかしがっちゃって」

桜咲は、いじり甲斐《がい》があるわ、とばかりに表情を崩している。なんとも鬱陶しいことだ。

とはいえ、以前の桜咲なら大親友の結愛が男子と親しくすればブチギレていただろうに、こうして楽しんでいるような顔をするあたり、俺への態度も軟化しているのだろう。

今までやってきたことが無駄ではなかったように感じ、ちょっとだけだが自分を褒めたい気分になった。

★

結愛がバイトしているカフェ『エルパソ』は、外観から予想できた通り趣のある内装をしていた。

西部劇に出てくる酒場みたいな木造のつくりで、淡いオレンジ色の照明が優しく店内を照らしていた。ウェイトレスの制服は、ドイツのオクトーバーフェストで見られるようなドレス風の衣装をベースにしながら、動きやすいように簡略化されたものが採用されている。オフショルのデザインで、鎖骨から胸元までざっくり開いているタイプだから、俺としては少々目のやり場に困った。ウェイターは見当たらない。女性ばかりだ。

この店は、夜になるとアルコールを出す酒場に変わるらしく、店の端にはバーカウンターがある。今はまだ昼間だから、バーテンらしき人物はいないみたいだ。

店内の奥には、ステージのようにせり上がった舞台があって、俺の位置からはピアノが見えた。インテリアなのか、実際に弾《ひ》けるものなのかどうかはわからない。

「いらっしゃいませ……あれ？　慎治？」

入店した俺たちを出迎えたのは、結愛だった。

他のウェイトレスと同様の格好をしているから、コルセットのせいか余計に胸元が強調されてしまっていた。

なんだここは、卑猥《ひわい》な店か？　違う、俺が不慣れなせいだ。だから、多少露出しただけでいやらしく見えてしまうのだ。いやらしく見えるのは俺がいやらしいせいである。

「瑠海も一緒だったんだ？」

結愛が不思議そうにした。

桜咲のことだから、事前にＭＩＮＥで結愛に伝えているものと思っていたのだが。

「サプライズだよ、サプライズ。いきなりドーンって来て、結愛っちを驚かせちゃおうと思って！」

「マジで！　めっちゃ驚いた～」

結愛と桜咲は、ハイタッチをパチン！　と決めると、にこやかに笑い合うのだが、急に結愛だけが、なんとも心細そうな顔になり、

「……で、追加でサプライズ～、とかないよね？」

俺と桜咲の間で視線を行き交いさせた。

「えっ、ないけど？」

これには桜咲ですら戸惑いを隠せなかった。

「そっかぁ。じゃあよかった」

「あ～、もしかして結愛っち、名雲くんとデートでここ来ちゃったとか思った？」

「ち、違うし！　そんな小学生みたいなこと考えてないから！」

「ガチの反応で妬《や》けるわ～」

すると桜咲は、ノールックで俺の胸元に逆水平チョップを放ってきた。

「ラブラブすぎて胸焼けするわ～」

そうかい。俺はお前の物理攻撃のせいで胸がじんじん痛むんだけどな……。今更お前のバイオレンス性にケチつける気はないから、攻撃するよ、ってせめて事前に言ってくれよな。受け身取れねぇ。

「じゃ、席に案内するからこっちついてきてよ～」

すっかり上機嫌の結愛が店の奥へと導こうとする。

俺たち、一応客なんだけどな、そんなフランクな物言いで、あとから店長に叱られたりしない？　と余計な心配をしてしまう。

「あ、ちなみにこの子、店長ね」

閉じたバーカウンターの台で、真っ黒な小動物が丸くなっていた。

「……猫にしか見えないんだが？」

黒い毛玉に指を差す俺に対し、結愛と桜咲が揃《そろ》って口にする。

「だって猫だし」

「猫以外のなんなのよ？」

おかしいな。陽キャギャル組と俺では認識の齟齬《そご》があるらしい。猫なのに……店長？

「うちのカフェ、黒猫のロコちゃんが店長ってことになってるんだよね。まー実際は、店長代理の女の人が店長の役目やってて、私の面接もその人がしてくれたんだけど」

店内のちょうど中央の席に俺たちを案内し終えて、結愛が言った。

「なんでそんなややこしいことを？」

「仕事に上下関係持ち込みたくないんだって。ここのオーナーが言ってた」

「上下関係を持ち込まないと成り立たないのが仕事じゃないのか？」

働いたことはないが、会社ってそういうものでは？

「名雲くん、ぜーんぜんわかってないね。オーナーっていうのは、理不尽で強引なものなんだよ。考えたらダメ、感じるの！」

ユーアーファイア！　とか言いながら、桜咲が結愛に加勢するのだが……桜咲ってひょっとして忠実な社畜になる才能あるのでは？

「まーでも、先輩はいるし、結局店長代理が色々やってくれるから、ロコちゃんはかたちだけって感じなんだけどね。でもほら、動物が店長なんて、なんか癒やされるでしょ？」

結愛が、店長ロコ氏の方を指差すと、待機中のウェイトレスが時折そちらにやってきて戯《たわむ》れる姿が見えた。

「猫カフェ要素も盛り込んでるってことか」

「そーそ。猫嫌いな人なんていないからね。仕事しながら癒やされちゃうから、ストレスもないんだよ」

実際に働いている結愛が言うなら、そうなのだろう。

ただ、世の中には猫好きだろうと猫アレルギーを持っている人間がいるわけで、そういう人が客としてやってきたらどうするのだろう、と思わないでもないが。

「結愛っち～、ここのおすすめってなに？」

メニューを開いていた桜咲の興味は、すっかり飲食物に移っていた。猫店長に疑問を感じることはないようだ。俺は未《いま》だに理解が追いついていないんだけどな。

店長おすすめの猫缶でも出してくるんじゃないだろうな、と俺がぼんやり考えていると、結愛が俺に視線を向けていて、にんまりと目を細めながら自らを指差す。

た。

「それ名雲くん専用の裏メニューじゃん。そういうのは瑠海がいないところでやって」

俺は、再び桜咲のバイオレンスの予感がして、今度こそ受け身を取るべく胸に力を入れ

「私かな！」

「いや瑠海用のもあるよ？」

結愛が桜咲に向き直ると、桜咲は、にへら、と好色な笑みを浮かべた。

「へー、流石《さすが》結愛っち、わかってるね。じゃあ早速瑠海のお膝の上に」

「そういうサービスを提供する店じゃないだろ……」

悪ノリを始める桜咲を咎《とが》めなければ、店の評判に関わる気がした。ほぼ満席の店内なだけに滅多なことをしようとするな。

桜咲のせいで結愛がクビにならないように、俺はさっさと桜咲の分まで注文を決めて結愛を厨房《ちゅうぼう》へ向かわせる。

「あーあ、せっかく結愛っちのスペシャルなサービス受けられるとこだったのに」

「桜咲さんの楽しみよりも、結愛の職場を守らないといけなかったからな」

欲望を邪魔されたかたちになった桜咲だが、不満そうにはしていなかった。結愛のことを優先させたからかもしれない。

「名雲くんはいいよね、家でやってもらえるんだから。そりゃそんだけ余裕かますわー」

俺が訂正できないせいで、まだ勘違いを続ける桜咲。

勘違いをしてくれていた方が都合がいいとはいえ、居心地の悪さはあるな。

「そういえば桜咲さんは、名雲弘樹《ひろき》のプロレス以外の活動についてどう思う？」

思い切って、親父《おやじ》の話題に変えてしまう。

「あー、なんか名雲がドラマに出ること？」

推しの話題なだけに、早速食いついてくる。桜咲相手にはこの手に限るな。

「瑠海としては全然アリかなー」

「そっか。意外だな」

俺がそう答えると、桜咲は首を傾《かし》げた。

「だって桜咲さんは、リングでのイメージと違うことをしているからって理由で嫌がると思ってたから」

「そりゃ瑠海だって、普段極悪ファイトをしている人が、バラエティに出て変ないじられ方したり、やたら腰が低くなったりするのは『ええ……』って思うけど、名雲はリングでもテレビでもいつもどおりじゃん。プロレスを知らない人に瑠海が知ってほしい名雲の姿でいてくれるから、瑠海は別に名雲がプロレス以外のことしててもいいんだよ」

桜咲から理由を聞くと、意外でもなんでもなく、俺と似たような意見を持っていることがわかった。

親父は、畑違いのメディアに出ることになっても鷹揚《おうよう》に構えていて、リングを降りても戦っている時と同じイメージを保つことができるからな。持って生まれたセンスなのか、そのせいで周りが変な空気になることもない。俺と違って陽キャだからなぁ。

「でも、篠宮恵歌《しのみやけいか》と共演するのは瑠海でも予想できなかったけどね」

桜咲がそう口にすると同時に、少し離れた席で給仕《きゅうじ》をしていた結愛がこちらを振り向いたのが見えた。

たぶん、桜咲が『篠宮恵歌』のワードを出したことで、俺のトラウマが引っ張り出されるのではないかと心配しているのだろう。

以前の俺なら、結愛が危惧するように憂鬱な気分になっていたかもしれないが、今は自分でも驚くくらい平静を保っていられた。

「そっか、そうだよな。俺もニュースで知った時は驚いたよ」

俺は桜咲にわからないように、こっそりと手を振って、『大丈夫だから』という合図を送る。

やっぱり結愛のおかげで、以前ほど母親のことで神経質になって落ち込まなくなったように思える。

　結愛が不満を受け止めてくれることが精神的に楽になっている理由の一つなのだろうが、それ以外にも、母親のことでメソメソしているところを見せたくない、と強がりたい気持ちがあった。結愛も結愛で大変なわけだから、あまり心配させたくない。

「でもなー、瑠海の目から見ても、名雲って演技が上手《うま》いわけじゃ……」

　珍しく桜咲が口ごもった。

「いや、言いたいことはわかる」

　当の親父がどう思っているかは知らないが、親父にはあまりセリフを与えず、怖い顔をして威圧感を与える悪者役をやらせておくべきだと思う。

　こんなことなら、どんな役を演じるのか本人から聞いておくべきだったな。

　撮影の現場で迷惑をかけることにならないか、親のことなのに息子を見守るような気持ちになってしまう俺だった。

◆2【楽隊カフェ】

　その後俺は、桜咲のプロレストークの相手をして過ごした。

ふと時計を見ると、夕方が近づいていた。

そろそろ夕食の準備をするために帰るべきだろう。

結愛のバイトは、たいていは午前中から夕方までのシフトで、夕食の準備には十分間に合うのだが、いくらなんでも労働で疲れている身に負担を掛けるわけにもいかない。だから結愛にバイトがある日は、紡希にも手伝ってもらいながら、俺が料理当番をしていた。

紡希は自分なりのオリジナリティさえ出さず、レシピ通りにやれば、ちゃんとした料理をつくれるからな。俺がサポートに付けば、大事な料理要員になってくれる。スキルよりもメンタリティの問題であり、善意が根底にあるから、注意したくてもできないんだよなぁ。

「結愛、そろそろ帰るわ」

給仕の最中に、ちょうど近くを通りかかった結愛に声をかける。

「あ、そっか。慎治が夕食当番やってくれてるんだもんね」

結愛も名雲家のタイムテーブルは把握しているから、余計な説明をする必要はなかった。

「でも、もうちょっと待ってくれない？　そろそろ時間だから」

「あれ？　バイトが終わるのはもう少し先だろ？」

「いいからいいから、そんな時間かからないし」

などと結愛が俺を引き留めようとしているのか、俺の額に人差し指を突き立ててくる。

肩を押さえれば俺の怪我《けが》に差し支えるかもしれないと気を遣った結果なのだろうが……これ、本当に立てなくなるんだよな。

結愛に額を押さえつけられていると、ロコ店長が行動に出た。

それまで、お客に一切迷惑をかけることなく気ままに店内を散歩していたロコ店長は、定位置らしいバーのカウンターに飛び乗ると、ぴんとヒゲを立てて、にゃあと鳴いた。

「おっ、きたきた、時間だ」

「いったい何が始まるんだ？」

店の奥へ向かっていく結愛の背中を見て、俺は首をひねるしかない。

「名雲くん、知らなかったの？」

優雅に特製スムージーをすすっていた桜咲が、得意気にする。

「この店、オーナーがアート志向の強い人で、いつも決まった時間になると、アマチュアでも学生でも音楽の心得がある人をあそこのステージに上げてちょっとした演奏会するんだってさ」

「えっ、そうなのか……？」

てっきり俺は、単に給仕の仕事をしているだけと思っていたのだが……。

「じゃあ結愛も？」

「そうそう。結愛っちってピアノ弾けるから」

「そういえば……」

結愛がピアノを弾けるらしいことは、結愛のマンションへ行った時、大量のトロフィーが飾られていたのを見て知っていた。あの時は、ギャルの結愛と、お淑《しと》やかなイメージがあるピアノが結びつかなくて混乱したものだ。ひょっとして結愛はギャルではないのでは？　と思ったくらいだから。

ステージの隅にあるピアノの前に腰掛けた結愛の他にも、腕に覚えがありそうな演奏者たちが集まってきた。みんなそれぞれ楽器を持っている。音楽素人《しろうと》の俺でもわかる楽器だ。結愛のピアノを除けば、アコースティックギターにベースに、ささやかなドラムセットといったところ。みんな店の制服のまま演奏するらしい。ちょっとした学校祭のノリがあった。

結愛が演奏するとなれば、勝手に帰るわけにはいかない。

いざ演奏が始まると、ボーカルを取らない形態とわかった。骨太で頼もしい音色が心地よいベースに、鼓動を落ち着かせるようなペースで正確に刻まれるドラムに、憂鬱な気分を少しずつ削り取っていく軽やかな音粒のアコースティックギター、それに加えて、打鍵するたびに店の中がより明るくきらびやかになる結愛のピアノという組み合わせは、違和感なく混ざり合い、店内に癒やしの空間をつくりだした。

それは帰ろうと立ち上がりかけたお客を席へ引き戻すほどの力があったようだ。ステージに上がっていないウェイトレスの動きが活発になっているから、演奏を聴きながらもう一杯だけ何かを飲もうと注文する客が増えたのだろう。

俺もつい追加で注文しそうになったけれど、あいにく夕食の支度がある。紡希も待っていることだし、演奏はまだ続いているので心惜しくなるのだが、このあたりで帰らなければいけない。

結愛は、バイトの面接を複数受け、合格し、最終的にこの『エルパソ』で働くと決めた。第一希望が、ここだと言っていた。おそらく、こんな素敵な演奏の場を持つことができるから、結愛は気に入ったのだろう。俺からはピアノと向かい合う結愛の背中しか見えないけれど、きっと楽しんで弾いているのだと思う。音が弾んで聞こえるもんな。

「……結愛っち、あれだけピアノ弾けるんだからさ」

結愛の背中を見つめながら、桜咲がぽつりと言った。

「やっぱり、ちゃんとしたところで続けたかったんだろうね。コンクールとか、なんかそういうのにいっぱい出続けたかったんでしょ」

「やめる理由があったのか？」

ピアノを弾ける、ということ以外、俺は知らないのだ。

「あっ、名雲くん聞いてないんだ……」

眉間にシワを寄せる桜咲が、自らの口を塞ぐ。自分の失敗を責めるかのようだった。

「たぶん、聞いていないと思うんだが……」

そんな桜咲の態度が気になった。

「ううん、いいや。瑠海が言っていいことじゃないから」

「ええ……そこで秘密にするの？」

勿体《もったい》ぶらず教えてほしかったのだが、どうも追及してはいけない深刻な雰囲気があった。

穏やかで感じのいい店内に相応《ふさわ》しくない空気感になりかけたのだが、結愛たちの演奏が、剣呑《けんのん》な雰囲気をすぐに取り除いてくれた。

「そうだよ。結愛っちが言いたくなったら、その時言えばいいことだから」

演奏の影響を受けているらしい桜咲も、知らない俺を責めることはなかった。

「でも名雲くん、その調子だと、結愛っちを名前呼びするようになっても、まだ瑠海の方が結愛っちと仲良いみたいだね」

てっきり桜咲から上から目線を食《く》らうかと思ったのだが、物思いに耽《ふけ》るような珍しい表情をしているのが気になった。

「瑠海のミスだからあんまり強く言えないけど、結愛っちから無理に訊くようなことはしないでね」

ひょっとしたら俺は試されているのかもしれない、と一瞬思った。

自分の警告を振り切ってまで結愛に踏み込む度胸があるのかどうか、俺はまたも桜咲の査定を受けているのではないか？

だが、普段はどこまでも明るい桜咲が、憂いと悲しみが滲《にじ》んだ静かな態度を取っていれば、言葉通りの意味で言ったのだと俺にもわかった。

「……わかったよ。しつこく聞くようなことはしない」

誰にだって、言いたくないことや言えないことはあるはずだ。

つい最近まで、桜咲だって、親友の結愛が相手でも打ち明けられないことがあったのだから。

結愛に秘密があったって、結愛から信頼されていないと気落ちすることはなかった。親しくし続けていたいからこそ、言い出しにくいことだってあると思うから。

「これでも俺は、桜咲さんが想像しているよりは、結愛のことをわかっているつもりだからな」

桜咲の査定に響かないように、俺は強気に出る。

「ホントかなぁ」

桜咲は、簡単には信用してくれなかった。

「一緒に住んでるってだけで満足しちゃダメなんだよ？　結愛っちは……名雲くんが思ってるより複雑な人だから」

まるで彼氏面をする桜咲に、俺は反論できなかった。

俺は結愛の何を知っているのだろう？　と改めて考えてしまう。

少なくとも、結愛と出会ってからの四ヶ月程度で、ただのクラスメートでは終わらない程度には、結愛を知ることができたはずだ。

けれど結局は、俺と結愛の関係性は、紡希を安心させるための『恋人』でしかないのだ。

もしかしたら、紡希のため、という理由を取っ払って、俺自身がもっと結愛を知りたいと思わなければ、結愛の本当の姿は摑《つか》めないのかもしれない。

「ヤバそうになったら、ちょっとは瑠海も助けてあげるから」

一度突き放してきたはずの桜咲が助け舟を出してくる。

「別に名雲くんのためじゃなくて、結愛っちのためだし、あと……推しが一緒の同志の義理だから」

桜咲は、俺と目を合わすことなく結愛を見つめる。

カフェの外に出れば、当然ながら演奏の音は聞こえなくなる。

俺はこれから、癒やしの演奏が届かない場所で、結愛と向き合わないといけないのだ。

「桜咲さん、ありがとう。気持ちだけ受け取らせてもらうよ」

負傷した左腕と違って、こればかりは他人任《ひとまか》せにするわけにもいかないんだよな。

◆3【思い出はアナログ】

紡希は、この日も元気に百花ちゃんのところへ出かけていった。

なんでも、明日には桜咲家は田舎の祖父母の下へ行く予定になっているので、しばらく遊べなくなってしまうのだそうだ。今のうちに、遊び溜《だ》めしておこうというわけだろう。

紡希はおらず、親父《おやじ》も試合のため他県にいる。

一方の俺は、今日も家にいる。

引きこもっているわけじゃない。勉強が俺の仕事なのだ。在宅ワーク中なんだよ。やるべきことがあるから、家にいるだけなんだ。

こうしてリビングのソファでだらっとしているのだって、ヒマだからではなく、勉強の休憩中だからだ。仕事には休憩が必要だから……。

「なんか二人っきりって久しぶりじゃない？」

向かいの二人がけソファに寝そべりながらスマホをいじっていた結愛が言う。

寝そべるのはいいんだが……くびれを強調するみたいに横になるのはやめてくれねぇかな。腕も脚もへそも出した部屋着だし、俺には刺激が強いんだわ。

この日、結愛はバイトが休みだった。

長期休暇は絶好の稼ぎ時とはいえ、陽キャの結愛はクラスメートとの付き合いもあるから、毎日働いているわけではない。この日は、そんな多忙な日々の中で丸々一日分ぽっかりと空いた休日だった。

「休みの間は、紡希ちゃんと一緒ってこと多かったし」

結愛はニマニマしながらこちらに寄ってきて、俺が座っている一人がけソファに無理やり尻を押し込んで場所を確保してくる。もちろん、俺が負傷していない側にやってくるのだが、感触を味わわせるかのように体を寄せてくるのは勘弁してほしいところ。

一人がけのソファとはいえ、体のデカい親父ならともかく、俺が座ったところでソファのすべてを占拠できるわけではないので、結愛とはぴったりとくっついて隣り合うようなかたちになる。

「そうだな。紡希にとって、いい夏休みになってるといいんだが」

「なってるでしょ。紡希ちゃん、めっちゃ楽しんでるみたいだよ？　寝る前とか、早く明日が来ないかなー、なんて言ってるし」

結愛が言うなら、そうなのだろう。紡希は、結愛には最大限心を許しているからな。

思い返すと、紡希は出会った直後から結愛に懐《なつ》いているという、ちょっと異常とも言える仲良しっぷりを見せていた。

まあ、それが結愛の魅力によるものと言われたらそれまでだけどな。結愛なら、それくらいできるだろう。

「ならよかったよ。ここ数年は、夏休みなのにまともに楽しめなかったはずだから……」

結愛の保証により、ようやく俺は安心することができた。

欲を言えば、もっと色々どこかへ連れて行ってやりたいところだったけど。紡希が寂しさを感じていないのなら、及第点ということにした方がいいのかもしれない。

「せっかくだしさー、二人だけでできることしない？」

結愛は俺の胸元へ肩を寄せると、膝の上にあった俺の手を握った。

「慎治の……見せてよ？」

「えっ？」

なんと言ったのか、はっきり聞こえなかったことが、かえって俺の鼓動を速めた。

一体俺の何を見せろと……？　ここで？

「だからぁ、慎治のアルバム見せてよって言ったの」

「ああ、アルバムか……」

びっくりさせやがる。

「慎治はー、なんだと思ったの？」

結愛は俺をからかうような笑みを浮かべる。

こいつめ……わざと聞こえにくいように言いやがったな。

こういう時は、結愛に乗せられないように気をつけなければ。ますますおもちゃにされてしまう。それ以上に厄介なのが、もはや俺は結愛におもちゃにされようがまったく悪い気がしなくなっていることだ……。

「アルバムねぇ……結愛もずいぶんアナログなアイテムを見たがるんだな」

「慎治のとこならあるかなーって思って」

「バカにするなよ。テレビにキッチンにバスルームに、最新機器を取《と》り揃《そろ》えた我が家にそんなアナログなアイテムなんて……あるんだよなぁ」

今でこそ試合だなんだと日本どころか海外を飛び回っている親父だが、俺が中学生で義務教育を受ける身だった頃までは、自宅がある都内か、地方へ行くにしてもビッグマッチでしか試合をしなかった。

だから、親父と一緒にいる時間は今よりずっと多かった。

どういうわけか、親父は学校行事はもちろん、どこかへ出かけるたびに、写真を撮りたがった。親父はスマホすら十分に使いこなせない男だから、ここで言う写真はカメラで撮ったものだ。写真屋にフィルムを出して現像してもらう、クラシカルなアレである。ポラロイドで撮ったこともあったな。とにかく、カメラという機器をよく持ち歩いていた。

そのわりには、親父が撮る写真は、技術的にそう優れているようにも見えなかった。カメラが好きなのではなく、家を空けがちな親父なりの父親らしさを象徴するアイテムとして持ち歩いて、息子の姿を収めていたのだろう。

そんなわけで、写真というかたちで、親父との思い出が多く残っていた。

我が家には、写真が一枚一枚ファイリングされたアルバムが多く眠っているのだ。

「物置に本棚があって、そこにたくさんあるぞ」

以前、蛍光灯を替えるために脚立《きゃたつ》を探しに行った場所だから、結愛も足を踏み入れたことがあるはずだ。

結愛と一緒に物置部屋にやってきて、奥の本棚を見せる。

「もしかして、これ全部？」

「ああ。……そんなびっくりするほど多いのか？」

他所《よそ》の家庭よりは多いと思ってはいたのだが、まさか驚かれるほどだとは。

「まぁねー。普通は二、三冊あるかないかって程度だと思うんだけど」

結愛は何気なく答えてくれるのだが、俺は質問したことを後悔する。

結愛は両親と不仲なのだ。家族用のアルバムがたくさんできるくらい一緒に写真を撮った思い出なんてないのかもしれない。

かといって、ここで謝れば、なんだか親との仲でマウントを取っているような気がして、何も言えなかった。

「ていうか、めっちゃ綺麗《きれい》に分けてあるよね」

「俺がやったんだ。わかりやすいと思って」

アルバム用の本棚は、本屋の小説コーナーみたいに、幼稚園から中学校まで一年ごとに分類した状態で並べてあった。

「まめだねぇ」

ニヤニヤしながら、結愛が俺の頭をなでてくる。

「やめろよな……それより、ほら、見たいなら見ればいいだろ？」

「めっちゃ見せたがりじゃん。慎治ってなんか恥ずかしがって見せてくれなそうなイメージあったんだけど？」

「そりゃ恥ずかしいけどさ」

俺は、結愛から視線をそらす。

「……こんないっぱいアルバムがあるのに、ごくたまーに俺しか見ないんじゃ、せっかくファイリングした時間が無駄になっちゃうだろ？」

恥ずかしさより、手間ひまかけた意義が勝っていた。

「そうかもね」

結愛の興味は、アルバムの背表紙に向かっている。

「今日だけで全部は無理そうだから、気になるの何冊か持っていってリビングで一緒に見ようよ」

本棚を上から下まで眺め、屈《かが》み込む結愛。そのせいでショートパンツのウエストから下着らしき白いものがはみ出てしまっているのだが、見ないようにしなければ……。

「でも、時間かけてでも全部見ちゃう気はあるから」

屈んだまま俺を見上げる結愛は、白い歯を見せて微笑《ほほえ》む。

アルバムを見せる、とは言ったものの……全部の写真を覚えているわけではないから、もしかしたら結愛に見せて恥ずかしい一枚が交ざっているのではと心配になってしまう。

「やっぱり、幼稚園時代のヤツはナシで……」

ひょっとしたら、無邪気だった俺の全裸写真が写っていてネヴァーマインドしているかもしれないから。粗末なものを結愛に見せたくない。

「じゃあ、慎治が幼稚園の時のは紡希ちゃんと一緒に見る用に取っておくね」

「いや、紡希に見せようとするなよ。どうしても見たいなら一人でこっそり見てくれ」

「慎治はー、私に一人でこっそり自分の恥ずかしい写真を見せてどうなってほしいの？」

手に取ったアルバムで口元を隠しながらも、目だけは笑っている結愛。

「別にどうなってほしくもないよ……」

「早く見よ見よ」

もう待ちきれん、という態度の結愛は、抱えたアルバムの背表紙を俺の背中に押し付けて急《せ》かすのだった。

◆4【君がどんなだったか教えて】

俺たちはリビングに戻ってきた。

結愛は、広々としたカーペットの上にアルバムを並べ、古い順に片っ端から見ていこうとする。

「慎治、なにしてんの？　こっち来てよ」

小学校五年生時のアルバムを広げた結愛が、ソファに座ろうとした俺を呼び込む。

「一緒に見るために持ってきたんじゃん」

「俺はいいよ、いつでも見られるから」

それに、自分の思い出を他人……それも、結愛から見られると思うと、恥ずかしさがこみ上げてきてしまう。

「私が勝手に見るんじゃなくて、慎治の解説付きで見たいのに〜」

立ち上がった結愛が、くいくいと俺の右手を引っ張る。

「……しょうがないな」

こうなった時の結愛は止められないのだと、俺はもうわかっている。

俺は結愛に付き合うことにし、隣に座るのだが。

「せっかくだし、もっとくっついちゃおうよ」

結愛は俺の右腕を、自分の首に回す。

まるで俺が結愛の肩を抱いているかのような姿勢になってしまった。

「バランス取りにくいんだが」

「じゃあ私が慎治の腰支えててあげるから」

今度は結愛が俺の腰に腕を回す。俺と結愛は、互いに支え合うことでバランスを取っているような姿勢になった。『人』という字の成り立ちを体を張って説明しているみたいになってんぞ。

その後、結愛の要望通りアルバムをめくっていって、結愛が気になった一枚があると、俺が解説を加えていくというスタイルで写真を見ていくことになった。

「――へー、じゃあこれは？」

「親父《おやじ》と散歩がてら、コンビニで買った弁当を河川敷《かせんじき》で食うことになったんだが、カラスにビニール袋ごと弁当を奪われて半泣きになっている俺だ。このせいで、未《いま》だにカラスが苦手なんだよな」

「じゃあカラスがいっぱいいそうなところは、私が一緒にいてあげるよ」

「流石《さすが》にそこまで恐れてるわけじゃないんだけど……」

怪我《けが》した俺のサポートをしているせいか、最近の結愛はだんだん俺を小さい子扱いするようになっている気がしないでもない。

「こっちは？」

「それは、親父がうちの小学校の運動会に来た時のヤツだ。運動会では毎年恒例の保護者

PHOTO
ALBUM

参加の綱引きがあるんだが、見事に毎年親父が参加した方のチームが勝ってたな。勝利の記念にーって俺と撮ったんだっけな」

保護者の中にも親父のファンはいるから、プロレスラーとしてみっともないところは見せられない、と、親父は運動会の一週間くらい前から綱引き用の体づくりをしていた。

「そっか、ちゃんとお父さんが出てくれたんだ……」

俺に緊張が走ったことは、俺の胸元のあたりに頰を寄せるような姿勢になっている結愛も気づいたのだろう。

「つ、次のヤツ見よ、まだいっぱいあるし！」

結愛は慌てて、別のアルバムを開いた。

俺が中学校二年生の時のアルバムだな。

流石にこの頃になると、俺が思春期に突入したことや、単純に保護者込みの学校行事がなかったことで、学校で親父と一緒という写真はほぼなくなっていた。

その代わり、学校外での風景が増えていた。

「これは？　なんか外の雰囲気違うっぽいけど」

その中の一枚を、結愛が指差す。

「アメリカに行った時のだな」

親父は、仕事の都合で何度も海外へ行っているからか、旅先として海外は身近であり、おかげで俺は長期休暇になるたびにどこかしらへ連れて行ってもらえた。親父に縁のある国が多かったから、ほとんどは英語圏かスペイン語圏だったけれど。だからといって、俺は生きた語学を学べたわけではないのだが。

「いいなー、海外。私も行ってみたい」

「じゃあ、いつか行くか。結愛が好きそうな場所も色々とあったから」

中学時代のアルバムは、つい最近ということもあり、見返す機会も少なかったので俺まで懐《なつ》かしむ気持ちが強かったので、写真の中の出来事に思いを馳《は》せるあまり深く考えず返事をしてしまう。

「慎治がいいならぁ、私も行くけど……」

結愛の声音に熱っぽいものを感じたので、不思議に思って、俺の胸元にある結愛の顔を見ると、何やら期待が込められた潤んだ瞳を俺に向けていた。

しまった。ごめん、ほとんど条件反射で返事してた、なんて言えないヤツだ……。

もちろん紡希も一緒にだけどな！

などと言えば誤魔化せたのかもしれないが、ガチっぽい結愛の表情を見ていると、『二人きりで行こう』という意味にしないといけない気がした。

紡希がいない今、二人だけの甘々《あまあま》な雰囲気になったら、俺の精神力が保《も》ちそうにない。

「これこれ、これは俺の誕生日の時で――」

俺は写真に話題を引き戻そうとし、中二の誕生日に起きた他愛もないエピソードを話した。

結愛が持ってきた最後のアルバムを見返す頃には、二人だけで海外旅行に行こう、という意味に捉えられかねないことを言ってしまった雰囲気は消え、思い出に浸る穏やかな空気感が戻っていた。

「……結愛はどうして、アルバムなんか見たがったんだ?」

俺は、閉じたアルバムを片手で積み重ねていく。もはやぴったりくっついてはいないのだが、結愛は俺の隣でぺたんとカーペットに座っていた。

「だってー。私、今より昔の慎治のこと知らないし」

結愛は言った。

「昔の慎治がどんな感じだったのかわかるのがあればなーって思ったんだけど、いっぱいあってよかったよ」

にこやかな笑みを浮かべる結愛の肩から、長い髪がサラサラと零れた。

満たされたような表情を前にして、俺なんぞの過去を知って何が面白いんだ? と卑屈で照れを誤魔化しそうになるが、ここは結愛の厚意を素直に受け止めておくべきだろう。

誰かに見せるためにこれまでの写真を整理してアルバムにまとめていたわけではないが、熱心に見てくれる人がいてくれて、俺は嬉《うれ》しかった。

「じゃあ、今度は結愛のもなんか見せてくれよ」

縁側へ続く窓に視線を向けながら、俺は言った。

「今の私なら、慎治に隅から隅までぜーんぶ見せてあげられるんだけどなー」

床に手をつけて四足歩行動物みたいになりながら、結愛がこちらの耳元に唇を寄せてくる。体勢のせいで、襟元が重力に負けてブラチラしそうになっていた。

「やめろ、そういうのやめろよな……」

たまにだが、一度『だったら見せてもらおうじゃねぇか！　ぐへへ！』と悪漢みたいなことを口にしながら結愛の悪ふざけに乗っかってやろうなんて考えることもあるのだが、何度シミュレートしてもそんなことをすれば結愛の信頼を失うだけなんだよな。

案の定、結愛はアルバムを見ていた時と同じように俺にぴったりくっつき直してきただけで、そこから何らかのエロいことが行われる気配はなかった。俺からすればこうして腕同士が密着しているだけでも十分エロイベントなんだけど。

「まああれよ、昔の慎治がどんなだったのかなーって気になってたのはホントなんだけど、理由は他にもあるんだよね」

なんだ？　と訊《き》くと、結愛はこう続けた。

「私さー、明後日《あさって》、お盆でちょっと実家戻るじゃん？」

そういえば、そうだった。

結愛は、俺と紡希が、お盆で彩夏《あやか》さんの墓参りをするのに合わせて、実家に帰るつもりだと、前から言っていた。

「慎治のさぁ、なんか写真一枚くらい貸してくれたらなぁって思って」

結愛にしては珍しく、もじもじしていて俺と視線を合わせようとしなかった。俺から離れることもなかったけれど。

「なんていうの？　お守り代わりっていうかー。スマホで撮ったのじゃなくて、カタチになったもので一枚欲しいんだよね」

もしかしたら、こちらの方が本命だったのかもしれない。

「俺のでよければ」

断る理由はなかった。

俺の写真なんぞ効力があるのかは不明だが、結愛が必要としているのなら、ちゃんと意味があるのだろう。

結愛にとって、少しの間とはいえ実家に戻るのは勇気がいることだろうから。少しでもその助けになるのであれば俺だって協力したい。

「いいの⁉　マジで⁉」

「もったいぶるほど貴重なモノじゃないしな」

思ったよりずっと喜んでくれて、俺は少しばかり驚いてしまった。

結愛は、鼻歌を交えながら、閉じたアルバムを再び開き始める。

「じゃあ、これにしよっかな」

結愛が選んだのは、俺が中学校三年生の頃のアルバムだ。

俺は、今通っている学校の正門前にいて、そこで一斉に張り出された合格者の一覧が載った掲示物を指差している。

「めっちゃめでたい感じするし？」

嬉々《きき》として、結愛は写真を抜き取る。

「慎治が受かってくれなかったら、私とも会えなかったわけだしね」

「待て。それは逆だろ。結愛が受かってなかったら、だろ？」

学力的に言えば、俺より結愛が不合格になる方がずっと可能性が高いぞ。

「どっちでもいいじゃん」

結愛は、写真を手にした方とは逆の手で俺の手を握る。

「おかげで、こうやって一緒にいられるのは同じなんだし」

それは、そうかもしれない。

俺は改めて、今の学校を選んでよかったと思った。

受験校を選ぶ時、俺は迷っていた。候補がいくつかあったからだ。偏差値的なことで言えば、俺はもっと上のランクの学校でも十分に合格圏内だったから。

それでも、今の学校を選んだのは、当時からすでに不穏な予感があった紡希の家庭事情を考えてのことで、自宅から自転車で通えることが大きかった。親父はあの頃から、紡希が名雲家に来ざるを得ない可能性を口にしていたからな。

「それに、この写真の慎治ってめっちゃ嬉しそうだよね。私と会えちゃうこと予知しちゃってた？」

「未来予知ができるならもっとまともなことに使ってるよ」

「なにそれー」

酷《ひど》いなぁ、と言いたげな反応をしながらも、笑ってくれるのが結愛らしい。これが桜咲ならチョップが飛んできかねないぞ。

だが、案外結愛の言う通りなのでは、と思えてしまった。

俺は入学前から、ぼっち生活になることは覚悟していた。中学までは学校内で話す相手はいたのだが、あくまでそれは小学生時代から持ち上がりで、周りがみんな幼馴染《おさななじみ》みたいな状況だったからだ。

学区内の学校に通っていた中学と違って、高校は色んなところから集まってくるから、中学までの人間関係はほぼリセットされることは必至で、新たな友達ができるイメージなんて湧かなかった。

その上、偏差値的には余裕がある受験校での合格を勝ち取ったわけで、親父《おやじ》の前で満面の笑みをサービスしてやるほど嬉しそうにはしないはずなのだ。

結愛と関わることができて、紡希にも安心できる場所をつくってやれる未来が待っているのだと、写真の中の俺は知っていたのかもしれない。

◆5【夏の再会】

真昼の庭に、大きな声が響いた。

「おーっし、全員乗ったか？」

運転席に乗り込んだ親父が、後ろの席に声をかける。

俺は紡希と一緒に、後部座席に乗っていた。

後部座席といっても、この車はバンだから、隣同士で座っているわけではない。俺が中列で、紡希が最後列だ。

バンが親父の愛車だった。

親父の財力を考えれば、高級車だって買えるのだろうけれど、海外を転戦していた若手時代に現地の先輩レスラーに乗せてもらったバンを気に入って、同じ車種を探し出して乗り続けているそうな。まあ、親父は体がデカいから乗れる車も限られているのだろう。

俺たちはこの日、彩夏さんの墓参りをするために、紡希が以前住んでいた町へ行く予定だった。

「親父、ちょっと待ってくれ。結愛に用事あるから」

俺は車の窓を開ける。俺たちを見送ろうとしていた結愛が、そばに立っていた。

結愛もこの日、一旦実家へ戻る予定だったのだが、出発の時間は俺たちよりも少し後だったので、戸締まりを頼んでいた。ちょうど合鍵を持っていることだしな。

「どうしたの慎治? 寂しくなっちゃった?」

窓を開けた途端、やたらと嬉しそうにニヤニヤする結愛の顔と遭遇する。

「おーおー、マジか慎治! お別れのチューくらいしたっていいんだぜ?」

「いやそういうのいいから……」

茶化してくるデカいおっさんに一瞥《いちべつ》をくれてやり、俺は結愛に向き直る。

「……本当に、大丈夫か？」

開けた車窓に身を乗り出す俺は、結愛にだけ聞こえるように言った。

結愛なりに覚悟があるのだろうが……俺の印象では、高良井家のイメージは、底冷えしそうな魔窟なので、どうしても心配になってしまう。

「大丈夫だよ。心配してくれてありがと」

すぐそばまで寄ってくる結愛が、俺が渡した写真をひらひらさせる。

「悪魔祓《ばら》いのお守りもあることだし？」

「効力のほどはそんな期待しないでくれよ」

俺の写真程度でどうこうなるものなのだろうか？　という不安があるんだよな。必要としてくれているのはありがたいのだが。

「慎治ってば、相変わらず後ろ向きだよね」

むー、と頰を膨らませて結愛が視線を外すことなくこちらを見つめる。

「じゃ、もっとご利益《りやく》があるように、追加でおねだりしちゃおっかなー」

スマホで写真でも撮るのかな、と、写真繫《つな》がりで『おねだり』とやらの内容を頭に浮かべていた。

こっちこっち、と指をちょいちょいした結愛に従い、上手《うま》くフレームに収まるように身を乗り出そうとしたその時。

頬に、柔らかく心地よい感触を得た。

遅れてやってきた甘い匂いのせいで、俺は、結愛から頬にキスされたのだとわかった。

「結愛さぁ……」

なんで結愛ってこう不意打ちばかりなんだろうな、と思うよりも先だった。

「オーサム！」

「うるせぇよ、親父……」

究極の野次馬こと親父が、無意味にクラクションを鳴らしやがる。

「いいじゃねぇか、いいもん見せてもらったぜ」

「よかないよ。親父が煽《あお》るからだぞ。結愛はこういうの本気でやるんだからな」

恥ずかしいなんてものじゃない。一般的な親子より距離が近かろうが、親は親なので、思春期真《ま》っ只中《ただなか》の身としては恥ずかしさで体が炎上しそうな気分だ。

親父は、『ＧＬ』の合間を縫って、彩夏さんの墓参りに行くことになったわけだが、開幕戦で前回王者の飯本選手を破ったことを皮切りに現在三連勝中でトップに立っていることから、やたらと上機嫌だった。

「結愛も、所構わずそういうのするのやめろよな……」

「なんで？　いいじゃん、『彼女』なんだし。ちょっとでも別れるの寂しくなっちゃったからキスしたくなる私の気持ちわからないかなー」

唇に指先を当て、結愛のニヤニヤが止まらない。

「いいなー。シンにぃは結愛さんとちゅーできるんだもん」

いつの間にか背後にいた紡希が、俺の背中に寄りかかってきて、亀の親子みたいになっていた。

「じゃあ紡希もしたらいい……」

投げやりな気持ちになって俺は言うのだが、紡希の興味は別にあるようで。

「結愛さん！　約束通り、帰ってきたら結愛さんの家に泊めてね！」

紡希は、ふんふん鼻息を荒くしながら、結愛に向かってブンブンと手を振る。

「なんだ、その約束は？」

「二人で決めたんだよ」

結愛が答える。

「ねー、紡希ちゃん。帰ってきたら、私のマンションに来てくれるって約束したもんね」

「ねー」

「あ、慎治も一緒だから」

「何故《なぜ》？」

いや、紡希の保護者としては、一緒についていくこともやぶさかではないのだが。

「シンにぃ安心して。寝る時はわたし、どこか他の部屋行くから」

「俺からすれば不安にしかならない心遣いだな……」

「まーほら、とにかく私にも帰ってきたらめっちゃ楽しみなことがあるんだからさ、慎治は心配しないで行ってきてよ」

結愛が言った。

「……わかったよ」

俺が過度な心配をしなくても、結愛なりに覚悟は決めているのだ。

これ以上心配するのは、かえって結愛の決心を鈍らせることになってしまいかねない。

「じゃ、行ってくる」

「結愛さん、行ってくるねー」

結愛に向かって、俺は小さく、紡希は大きく手を振る。

「はいはーい、じゃーね！　また後でねー」

俺たちに手を振り返しながら、結愛が後退していく。

親父が運転する車は、結愛を残して、名雲家の門を抜けた。

次に結愛と会う時、俺たちを見送ってくれたのと同じくらい元気でいてくれたら、と願わずにはいられなかった。

★

彩夏さんの墓参りは、滞りなく済んだ。

母親を思い出した紡希が泣いてしまわないか懸念《けねん》していたのだが、俺の心配をよそに、紡希は久しぶりの再会を喜びながら、お墓の世話をしたり、近況を語りかけたりしていた。

どうやら俺が思っている以上に、紡希はたくましく成長しているらしい。

そんな姿を見てほろりと涙が零《こぼ》れそうになり、紡希を連れてきてよかったと思えた。

彩夏さんの墓参りを終えたあと、俺たちは、以前紡希たちが住んでいたアパートの近くにあるファミレスにやってきた。

まだ彩夏さんが元気だった頃、学校が長期休暇に入ったり、ゴールデンウィークや三連休があったりすると、俺は彩夏さんのアパートによく遊びに行っていた。

その時、彩夏さんはこのファミレスによく連れてきてくれたものだった。

「なんか懐《なつ》かしかったなー」

俺の隣に座る紡希が、ハンバーグセットをもりもり食いながら言った。

「お母さんと住んでたアパート、ちょっと前のことなのに、もうずっと前に住んでたトコに見えたの。今でもたまに近くに寄ることあるのにね」

紡希は、名雲家に引っ越しても中学校を転校することはなかったから、前に住んでいたアパートに寄ることもあるのだろう。

「そりゃ紡希がうちに馴染《なじ》んだからじゃねぇかな」

親父は、オムライスにカレーにパスタに天丼に、と、小学生男子が好きそうなメニューを目の前に要塞みたいに並べていて、あっという間に平らげてしまっていた。

「数ヶ月前のことが懐かしく思えるくらい、うちで濃い時間を過ごせたんだろうよ」

あくまで、俺だけがわかる微妙な違いでしかないのだが、親父は紡希に対しては少し遠慮しているところがあった。声量は小さく、声音は柔らかくなる。

親父は巨体のせいで、紡希がまだ今よりずっと小さかった頃、よく泣かせてしまっていたからな。その時のことを未《いま》だに忘れられずにいるのだろう。

「だってー、結愛さんは優しいし、シンにぃもいるから、今は今で楽しいかもって思うの」

俺は、感動で涙が出そうだった。

春頃の紡希は、母親がいなくなってしまったショックで、うちに来たあとも気丈に振舞いながらも時折泣き出してしまったくらいなのに。

「でも……」

紡希は、悲しみを表にすることこそなかったけれど、視線を手元に下ろしてしまう。

「今日、お母さんのトコに行ったら、楽しくていいのかなって思っちゃったの。もっと悲しくしてないと、お母さん悲しんじゃわないかな？　忘れられちゃったみたいな気がするんじゃ……」

紡希は、俺に視線を向けた。

俺だって、考えたことがあった悩みだ。紡希の迷いは理解できる。

「俺が知ってる彩夏さんは、紡希の幸せを一番に考えてたよ」

俺は言った。紡希から視線をそらすことはなかったし、そらしてはいけなかった。

「紡希がいつまでも悲しそうにしている方が、彩夏さんは悲しむだろ」

彩夏さんは責任感が人一倍強かったから、もし紡希が悲しんでいたら、死んでしまった自分のせいで紡希が悲しんでいる、と自分を責めてしまっていたはずだ。

「うーん、そうかも……」

紡希は少しだけ考えを改めてくれたみたいだが、やはり俺では通り一遍の文句に聞こえてしまうのか、イマイチ響かせられなかったようだ。

くそっ。自分の力不足が恨めしいな……。俺にもっと人生経験があれば、紡希をすんなり安心させてやれるのに。

「あれだ、紡希。まあ、慎治もだが。細けぇことは気にすんな」

親父《おやじ》は、ガチムチなせいでTシャツがパンパンに張っている胸元を、ドン、と叩《たた》いた。

「おまえらは、彩夏と一緒にいた楽しいことだけ覚えてりゃいい。つうか、楽しい思い出だけ持っておけ。今はもういねぇっていう悲しい思いは、オレに全部任せとけばいい。オレの分とおまえらの分を合わせれば、ひっくるめて彩夏の思い出だ」

「……そうだね」

顔を上げた紡希の表情には、悲しい色は浮かんでおらず、すっかり心が落ち着いたような穏やかな笑みがあった。

「ぐぬぬ……親父めぇ、俺より老《ふ》けてるからって調子に乗りやがって……」

紡希の不安を吹き飛ばしてしまった親父に対する妬みが湧いてしまう。

「調子に乗っちゃいねぇだろ。変な言いがかりつけるなよな。おかしなヤツだな」

親父は呆《あき》れながらも、追加でカツ丼を注文しようとしていた。こいつ、デザート感覚で丼ものを食べる気かよ。俺は親父の食いっぷりを見ているだけで満腹になりそうなのに。

さっきからお蕎麦《そば》をちゅるちゅるすすっているだけで満足な俺の食の細さをナメるなよ。

「シンにぃもありがと」

紡希は、俺のギプスをちょいちょいと突《つつ》いてくる。

「シンにぃだって、お母さんと一緒にいること多かったたし、シンにぃが言ってることも絶対合ってると思うよ」

「そっかぁ……」

よかった。俺は的外れなことなんて言ってなかったんだ。

……って、俺が励まされてどうするんだよ。

彩夏さんの墓前で、『紡希は俺が精一杯面倒見るから心配しないでくれ』と誓ったばかりだっていうのにな。あーあ、気分がセルリアンブルーになっちゃった。ヤケ起こしてそばつゆを湯で薄めずに全部飲んでしまいそうだ。

★

その後俺たちは、再び親父のバンに乗り込み、家路につく。

後ろの席からは、満腹なせいか幸せそうな顔で横になっている紡希の寝息が聞こえてくる。

「そういえば親父」

無事に終えることができた墓参りだけれど、気になることがあった。

「墓参りの時も言ったけど、どうしてあんな暴挙に出たんだ？」

「暴挙って何だ？」

「せっかく誰かが供花してくれてたのに、花瓶から引っこ抜いてどこかに持って行っただろ。あれ、彩夏さんと親しい誰かが置いていってくれたんじゃないのか？」

親父は、ヒールではあるけれど常識的な人間だと思っていたので、その光景を目にした時は驚いた。

「ああ？　いいんだよ、あれは。あのロクでもねぇヤツの仕業だから」

「さっきもそうやってはぐらかしてたよな。その言い草からすると、親父は誰が花を置いていってくれたのか見当がついてるんだろ？　いい加減教えてくれよ」

俺は、親父の運転席をゆらゆら揺らした。

ちょうど信号待ちになった時、親父は、まるで観念したような大きなため息をついた。

「……紡希はどうしてる？」

「寝てるよ。自分の顔くらいあるハンバーグの消化にエネルギーを集中させてる」

紡希がどうしたんだよ、と言いかけた時だった。

「あの花置いてったのはな……紡希の父親だろうよ」

「紡希の？」

慣れた親子の空間に、緊張のピリッとした空気が混じった気がした。

紡希は、実の父親の顔を知らない。俺だって知らなかった。

彩夏さんは、十代で紡希を産んでいる。

籍を入れておらず、その相手を決して明かさなかった彩夏さんを、地方では名家として知られているらしい厳格な名雲の実家は許さなかった。結局、彩夏さんは両親や親族と衝突した末、家出同然に実家を飛び出したのだった。兄弟で一番仲が良かった親父がこっそりサポートしていたから、彩夏さんが紡希共々困窮することはなかったのだが、その間、紡希の父親が何をしていたのか、俺は知らなかった。母娘《おやこ》に何かしら援助していたなんて話も聞いていないから、正直なところ、俺も紡希の父親にいい印象はなかった。

「じゃあ親父は、紡希の父親を知っているってことか？」

親父からも、紡希の父親の話が出たことは、これまで一度もなかった。

「まあな」

「どこの誰だよ？」

「オレから言う気はねぇよ。終わったことだ」

「いや、勝手に終わらせるなよ……。だって紡希の父親だろ？　紡希は――」

やっぱり会いたいんじゃないのか？　と言いかけたところで、俺は続きを言えなくなった。

もし紡希が、実の父親に会ったとして……『本当の家族と暮らしたい』と言い出す可能性を恐れたからだ。

俺は、最後部の座席を全部使って横になっている紡希に顔を向ける。

彩夏さんを失ったばかりで不安まみれだった春の頃の紡希のままだったら、実の父親と暮らすべき、と考えることもあったかもしれない。

だが、今は違う。

結愛のおかげで、紡希は母親を失った苦しみを、ひとまずは乗り越えられた。

その過程には、俺だって関わっている。

母親を失って、気丈に振る舞《ま》おうとしながらも夜中になると寂しくなって泣き出してしまっていたところを目の当たりにしている俺としては、彩夏さんの墓前で明るい姿を見せた紡希に対して、達成感に似た特別な感慨があった。

紡希への愛着は、春の頃よりずっと強くなっている。

今更、紡希の父親がやってきて、紡希と暮らしたい、と言ってきたって、はいそうですか、と応じる気はない。そんな瞬間が来ることだって望んでいない。

だから……親父の言う通り、この問題には深入りしない方がいいのだ。

家路に向かう車はトンネルに入り、暗闇と轟音《ごうおん》が響く中を抜け出して再び綺麗《きれい》な夕焼け空の下に戻ってくる。

俺も親父も、ついさっきの憂鬱な話をトンネルに捨ててきたような気分で、取るに足りないような親子の会話を始めるのだった。

◆6【ずっとここにいればいいのに】

俺たちが日帰りで自宅に戻ってきた翌日、結愛も名雲家へ戻ってきた。

「ただいまー」

結愛が玄関に現れたのは、夕方頃だ。

一日またいで帰ってきたということは、最低でも実家に一泊しているわけなのだが、見たところ結愛に気落ちした様子はなかった。これはもしかして、俺の写真が役に立ったのでは？

「結愛さん、おかえり～」

結愛を出迎えた紡希が、結愛の下へと飛び込む。

「紡希ちゃん！　なんかめっちゃ懐《なつ》かしい気がする～！」

二人はお互いを抱きしめ合い、その場でくるくる回った。あんまり紡希を物理的に振り回さないでくれ。

俺はいつもどおりな光景を見て、安心することしきりだったわけだが。

「ずいぶん身軽な感じで帰ってきたんだな」

一泊したなりの荷物を抱えておらず、結愛はバッグを一個ぶら下げているだけだった。

「そりゃ、いったん家に帰って荷物置いてきたからね」

「ああ、そっか」

「だから紡希ちゃん、ちょっとめんどくさいかもだけど、紡希ちゃんにあげる浴衣《ゆかた》はうちにあるんだよね」

「いいよー。だってどうせ結愛さん家《ち》行くんだもん」

「結愛。紡希は昨日からずっと結愛の家に行くことしか頭にないんだ」

亡《な》くしたばかりの母親の墓参り、という一大イベントを終えて、肩の荷が下りたのだろう。紡希の興味は、ただひたすら楽しいことしか待っていないであろう結愛の家にお泊まりするイベントにしかなくなっていた。

「マジか〜。めっちゃ期待してくれるのは嬉《うれ》しいんだけどー」

さすがの結愛も、紡希の期待の大きさに驚いているようだ。

「紡希ちゃんが来て楽しめそうなもの、うちにあんまりないんだよねー」

結愛の家は、必要最低限のモノしか置いていないから、うちみたいにゲームやデカいテレビがあるわけじゃないんだよな。エンタメ性なら、我が家の方が上なのだ。

「ううん、結愛さんの家に行くことが大事だから、結愛さんの家に何があるかが大事じゃないんだよ」

「なんて優しい心を持った義妹なんだ……」

俺は、モノよりも人を大事にする紡希に感心してしまう。

「遊ぶものがなくたって、結愛さんが使ったクッションとか、結愛さんが寝てるベッドとか、いっぱいあるもん。わたしにとっては結愛さんの家が全部宝物だよ」

「なんていやらしい心を持った義妹なんだ……」

自ら台無しにしていくスタイルとは。

あと、その言い草だと、紡希は結愛が使用したモノはモノではなく結愛の分身と解釈しているってことか？　ちょっと恐ろしくなるな……。

「ありがと、紡希ちゃん」

そう言って、結愛は紡希の頭をなでる。結愛、それでいいのか？

「実家から持ってきた浴衣、絶対紡希ちゃんに似合うから。楽しみにしてて」

「うん、してる！」

紡希は、ふんふんと鼻息を荒くした。

結愛の浴衣をまとって夏祭りへ向かう自分を想像しているのだろう。結愛の浴衣、というアイテムに対しての興奮ではないのだと思いたい。

「今日はわたしが料理する！　結愛さんへのお礼！」

紡希は腕まくりの仕草をしてキッチンへ向かうのだが……そうはさせない。

「よし！　超やる気な紡希のために、俺も張り切って手伝っちゃうぞ！」

やる気全開キッチンモードの紡希を放置するわけにはいかない。本来は無難な腕前の紡希の料理は、おいしいものを振る舞いたい、と願った時、悪魔的な味わいの代物が出来上がってしまうのだから。

「え〜、シンにぃはいいよ。わたし一人でできるし」

「何言ってんだ。結愛へのお礼なんだろ？　おいしい料理をつくるんだろ？　だからこそ俺が必要なんだ。一足す一が二じゃなくなるんだぞ？　二百だ、十倍だぞ、十倍！」

「シンにぃ、計算間違ってるよ。勉強しすぎて疲れてるんだから、わたしに任せて」

「しまった。ついつい桜咲向けのネタを……」

「紡希ちゃん、久しぶりに三人揃《そろ》ったから、今日は三人一緒で晩ごはんつくっちゃいたい気分なんだよね！」

結愛のナイスフォローが入る。結愛は俺から聞いて、紡希の料理の特殊性を承知しているからな。

結局俺たちは、紡希のやる気スイッチを上手《うま》く調節することで、料理のような何かが食卓に並ぶことを避けられたのだった。

★

夕食後しばらくして、風呂上《ふろあ》がりの結愛と紡希がソファに座っていて、結愛が紡希の髪にドライヤーをかけている光景に出くわす。

久しぶり……とはいえ、一日ぶりなのだが、結愛と紡希は再会を祝して一緒にお風呂に入ったのだ。俺はまたもシャンプー係をさせられそうになったが、左腕のせいにしてどうにか逃れた。

とはいえ、左腕に感じていた違和感も、このところなくなってきていて、腕の骨にヒビが入る前の感覚が戻りつつあった。

この調子なら、今度病院へ検査に行った時にギプスが外れるかもしれない。

「次は紡希ちゃんの番ね」

「結愛さんの髪は長いから乾《かわ》かしがいがあるよ」

結愛と紡希は、百八十度くるっと回って、役割分担をチェンジした。

本当の姉妹以上に仲が良さそうな二人の姿を目にする機会が減るのは惜しいのだが、俺の怪我《けが》のせいで結愛に負担を掛けていたところもあるから、一安心といえば一安心か。

ギプス込みでの生活にも慣れてきたところだったのにな、と思いながら風呂に入って、ビニール袋でグルグル巻きになっていない方の手で頭をシャンプーまみれにしていると。

背後から、ガラガラ……という不穏な音が響いた。

「やっほ。手伝いに来ちゃった」

なんと結愛の声が……。

「ちょっ、なに入ってきてんだよ！　出てって！　俺のプライベート空間から出てって！」

俺は慌てて、ボディタオルにしている粗品で前を隠すのだが、あいにく椅子に座っているせいで尻を隠すことはできなかった。

「せっかくだしいいじゃん。減るもんじゃないし」

「俺の精神力はすり減っちゃうんだよ！」

「ちょっと背中流したら出ていくから～」

開いていた扉が閉まり、カチッ、という鍵の音まで聞こえた。これはもう逃げられない。

「よし、じゃあ早くしてくれ、早《はよ》う、早う！」

「慎治のそのタオルくれないと洗えないんだけどー……手のひらでもいい？」

「ダメに決まってるだろ！」

俺はさっさと結愛を満足させてしまうべく、結愛にタオルを渡してしまう。俺は安息の祈りを、世界と股の間に捧《ささ》げた。

「その前に～、シャンプー洗い流しちゃったら？」

ゆっくり時間を使ってくる結愛。一日分俺をからかわなかったものだから、ここぞとばかりにその分を吐き出そうとしているに違いない。

「そんなことをしたら、目をつむってていい免罪符を失っちゃうだろうが」

「べつに私、今裸じゃないんだけど？」

「俺が全裸だから問題なんだよ！」

「なんなの慎治～、今更になって裸見られんの恥ずかしがってんの～？」

「まるで何度も裸になったようなことを言うんじゃない」

タオルで局部を隠しただけの結愛の頭をシャンプーしたことはあったけれど、お互い一緒に風呂に入ったことなんてないのだから。

「俺の腕もだいぶ治ってるんだし、わざわざ手伝ってくれなくていいんだよ」

これまでも結愛は、俺の風呂まで手伝おうとしてくれたのだが、俺の猛烈な拒否と懇願により、そこまですることはなかった。

それが何故《なぜ》、今？

「……実家の両親とさー、結局揉《も》めちゃった」

風呂場に響くか響かないかという声で、結愛がぽつりと言った。

善意とからかいが目的だとばかり思っていたのだが、想像力が足りなかったようだ。

結愛は二人きりで話したかったのだ。俺が風呂に入っている隙を狙ったのは、紡希には聞かせたくなかったからだろう。

「慎治のお守りのせいで、気合入りすぎちゃったみたい」

「なんだ、俺のせいか？」

因縁がある両親と衝突した話をしようというのに、結愛は深刻な雰囲気にしたくなさそうだったから、俺も結愛の意図に合わせる。

「そうそう、慎治のせいで、テンションぶち上がりになって、普段しないことしちゃったんだから」

このシチュエーションを選ぶ結愛もどうかと思うけれど、実家で起きたことを一刻も早く吐き出したくて仕方がなかったのだろう。

背中に、温かい感触がした。

タオルではなく、結愛が張り付くように俺の背中に身を寄せたのだとわかるのだが、結愛が何を言いたがっているかの方が気になって、いつもの緊張と動揺が消し飛んでしまう。

「なにがあったのか、聞いていいか？」

話の先を促すように、俺は言った。

「私も、いつまでも実家が居心地悪い感じになっててほしくないから、言ったんだよね。『そういう感じでいるの、やめてくれない？』って」

「また思い切ったな……」

真っ向から勝負を仕掛けるとは……。俺の思い出写真は、そんな戦闘力を底上げするようなアイテムだったのか？

「私だって、イラッとして一言言っちゃいたくなる時もあるから。でもダメだった。全然相手してくれなかったわ。私の方だけ勝手に盛り上がって、一人でケンカしてる感じ。残りは自分の部屋で過ごすしかなかったよ。また何も出来なかったって思った」

結愛が踏み込んでも、結愛の両親は気持ちを汲《く》み取《と》ってくれなかったようだ。

「私さー、打てば響くみたいな感じの反応してくれないと不安になっちゃうから。その点慎治は安心なんだよね」

「褒められてる気がしない……」

それは俺の人間性ではなく、童貞性のせいだから。そもそも結愛から迫られれば、誰だってそうなる。

「だから、玄関入った時に、慎治と紡希ちゃんがすぐに出てきてくれた時は嬉しかった。ケンカ疲れも一気にリフレッシュされちゃったっていうか。なんていうの、実家みたいな安心感ある感じ？」

名雲家は、結愛にとって居心地のいい空間になっているらしい。

「結愛が戻ってきてくれてよかったよ」

思った以上に、俺も安堵《あんど》していることに気づいた。

「腕の調子が戻ってきたことを報告したかったしな！」

俺は、ビニール袋まみれのギプスを振って調子がいいことをアピールする。

「そっか、よくなったんだ」

「これも結愛のおかげだ」

とはいえ、ぶんぶん振りすぎたせいで、まだ本調子ではないらしいことがわかってしまった。鈍い痛みが遅れてやってくる。

「服、濡《ぬ》れちゃったね」

結愛は言った。結愛がどんな表情をしているのか気になったけれど、振り返れば丸出しだ。何らかの犯罪に当たりそうだからひたすら背中を向けるしかない。

「そりゃ、水滴だらけの俺にくっついてたらそうなるだろ」

「紡希ちゃんには、うっかりシャワーがかかっちゃったってことにする」

「それがいい。あんまり紡希に変な想像させないようにしてくれ。風邪引かないように早く着替えた方がいいぞ。背中は自分で洗うから」

「そうする」

思ったよりあっさりと、結愛は引いてくれた。ここで更なるからかいモードに入ったら打つ手がないところだった。

そして、シャワーで頭のシャンプーを流しきった時だ。

再び、風呂場の扉が……ほんの少しだけ開く音がした。

「慎治さぁ」

結愛だ。

「私を、くじけないようにさせてくれてありがと」

それだけ言って、再び扉が閉まる音がする。

「……だから俺は、たいしたことしてないだろ」

俺ではなく、俺の写真を撮った親父《おやじ》と、俺の写真なんぞに勇気づけられた奇特な結愛自身の功績だ。

一人になった風呂場で、俺は湯船に左腕以外の全身を浸らせる。

夏場の熱い湯のせいで、頭がぼんやりとしてきた。

結愛にはまだ、両親に立ち向かう意思があるとはいえ、相手は難攻不落の難敵に思えた。

結愛自身が起こす変化に期待すると同時に、流石《さすが》の結愛でも如何《いかん》ともし難《がた》い状況に思えてしまう。

結愛が、実家で居心地よく過ごすまでの道のりは、果てしなく遠いのかもしれない。

それまで、結愛の精神力が保《も》つかどうか……。

俺の家には、実家みたいな安心感があるのだと、結愛は言ってくれた。

「じゃあいっそ、名雲家の人間になりゃいいのに」

ぼんやりとそんな独り言を口にした時、俺は全身が風呂《ふろ》の湯以上に熱くなったのを感じ、思わず湯船から立ち上がってしまった。

「なんだその『結愛と結婚してー』みたいな問題発言は！　何考えてるの……」

風呂場の環境上、セルフツッコミにリバーブがかかってしまった。

きっと軽くのぼせたのだろう。そうに決まっている。俺と結愛は、あくまで恋人のフリをしているだけだ。俺の気持ちはともかく、結愛が応じてくれるはずもない。

「まあでも、このままうちにいた方がいいような気はするけど」

結愛としてはそうもいかないのだろう。どれだけ辛《つら》い状況だろうと家族は家族だし、結愛の性格上、見切りをつけることもできなそうだ。

意固地になりすぎた結愛が、自分を追い詰める結果にならないように、俺も気をつけないと。

◆7　【知らなかった彼女のこと】

夏休みも後半に差し掛かろうとしていた、ある日の昼。

俺たちは約束通り、結愛の家に向かっていた。

お客さんを迎える準備をしておきたいから、という理由で、結愛は俺たちより先に名雲家を出発している。

高校生の一人暮らしにしては立派すぎるマンションを前にした時、紡希は、『わたしがお母さんと住んでたアパートよりデカい……』と驚いていた。

「いらっしゃい。入って入って！」

昨日のお返し、とばかりに、ニコニコした結愛に出迎えられる。

そんな、いつもどおりの結愛を見ていると、俺はついつい安心してしまう。

もはや懐《なつ》かしい気すらするリビングで過ごしていると、結愛は寝室から、畳んだ浴衣《ゆかた》を手にしてやってきた。

「これ、紡希ちゃんに渡したかった浴衣」

「わ、すごい！」

結愛から浴衣を受け取った紡希は、飛び跳ねかねない勢いで喜びながら浴衣を広げた。

「紡希ちゃん、それ、私が小学生くらいの時に着てたんだけど、紡希ちゃんならたぶんサイズ合うと思うんだ」

白地に薄桃色の花が描かれた鮮やかなデザインで、帯は赤い。

昔使っていた浴衣だそうだけれど、白い浴衣なんて、今のギャルギャルしい結愛には似合わなそうだ。黒とか紺色の印象なんだよな。髪色のせいかもしれないけど。

「慎治、なんか笑った？」

「いや笑ってないぞ？」

「目が笑ってるんですけどー」

結愛が俺の目の前までやってきて、目尻を指先でいじられてしまう。

「だって結愛が白って」

「口まで笑ってる」

結愛は、俺の目尻を押さえたまま、親指を使って俺のつり上がった口角を下げようとする。

「ていうか慎治、私が白の下着持ってるの知ってるんだから、白でも変じゃないじゃん。慎治ってそういうのは白派でしょ？　『今日からお前はこっちの色を穿《は》き続けろ』って、この前うち来た時言ってたじゃん」

「言ってもいない発言で俺の印象を下げようとするな」

なんだその下着強要プレイの教唆は。俺はそんな間違った意味で男らしい発言はしないぞ。

「シンにぃは白が好き〜、シンにぃは白が好き〜」

俺たちの横で、紡希は広げた浴衣を旗みたいにして左右に振っていた。どうやら、丈の長さが気になっているらしい。まあそれはいいとして、俺が大の純白好きみたいに印象づけるのはやめてくれ。

「結愛さんは、小学生の時から大きかったの？」

浴衣を体に当て、紡希が訊《たず》ねる。

「今より10センチ低いくらいかなぁ」

「おっぱいの話だよ？」

「そりゃデカかったよ〜」

「おい、この場には男子もいるんだぞ。そういうガールズトークは他所《よそ》でやってくれ」

けしからん連中だ……と俺は呆《あき》れるポーズを取りながらも、結愛は小学生時代から胸が大きい、という情報はしっかり脳にインプットしてしまった。くそう、これたぶん今日覚えた英単語五個くらい飛んだぞ。俺は結愛のシークレットなデータの引換券として英単語覚えているわけじゃないのに。

「……でも、その浴衣、今の紡希でも大きいかもな」

紡希は、150センチをちょっと超えたくらいの身長しかないからな。下手をしたら、裾が地面に着いてしまうかもしれない。

「紡希、ちょっと着てみるといいんじゃない？」

ちょうど今日の紡希の格好は、ノースリーブにハーフパンツだから、上から着やすいだろうしな。

「ギリギリで大丈夫かも」

いざ袖を通してみると、裾が床に届きそうになってはいるものの、素足での結果なので、下駄《げた》なり靴なりを履けば、まあどうにかなるだろう。

「そこから帯締めるんだから、どうにかなるよ」

結愛の言う通り、帯を締めたことで丈が詰められ、紡希が着ている浴衣はちょうどいい丈になった。

「結愛さん、どう？」

「可愛《かわい》すぎて、紡希ちゃんと一緒にお祭り行くのめっちゃ楽しみ」

結愛と紡希は手を取り合い、きゃっきゃとはしゃぎ始めた。

「シンにぃは？」

「可愛すぎて、紡希と一緒に祭りに行くのがちょっと心配だな……」

絶対に悪い虫が寄ってくるに決まっている。

「俺一人で……蹴散らせるだろうか……？　今日ほどこの左腕がサイ○ガンだったら、と思った日はない」

「なに怖いこと考えてんの」

呆れ顔の結愛にスリーパーホールドをかけられ……いや、これたんに後ろから抱きしめられただけだ。

「紡希ちゃんもいいけど、私だって浴衣でお祭り行くんだし、慎治はこっちも守ってよね」

耳元で囁《ささや》いてくる結愛。

結愛は学校ではもちろん、プールでもナンパされていたくらいだから、夏祭りにやってくるチャラいウェイ系に声をかけられる可能性はありすぎるほどある。

普段の俺なら恥ずかしがって、何やら誤魔化しているところだけれど、今の結愛は家族のことで傷心中なのだ。少しでも、頼もしい言葉を投げかけてやらなければ。

「いいけど、ケンカは期待するなよ。俺が盾になってる間に、さっさと逃げてくれ」

「今日の慎治は物騒なことばっかりだね」

そうかもしれんが、これくらい気合を入れないと、体を張って女子を守るという勇敢なことはできそうにないんだよ。

まあ、揉《も》め事《ごと》が起きないことを祈るばかりだ。

「そうだ、百花に自慢しないと！」

紡希は早速、浴衣姿を自撮りし、百花ちゃんにＭＩＮＥを送ったようだ。

「あ、百花も家に浴衣あるんだって！」

「じゃあ、夏祭りの時は一緒に浴衣で来られるね」

結愛が言った。

「その時は、髪もやってあげるから」

結ぶよー、というジェスチャーをする結愛。

「そうしてそうして！」

「おい、あんまり可愛くしすぎたら悪い虫が寄ってくるだろ。ほどほどにしてくれ」

紡希が喜んでくれるのは、俺にとっても嬉《うれ》しいことなのだが、その分心配なことも増えてしまう。当日に備えて、胃薬の準備をしておくべきかもしれない。

紡希は夏祭りの日が来るのが楽しみで仕方がないようで、服の上に浴衣を着たまま過ごしていたのだが。

「結愛さん、これ何？」

やっぱりそこが気になるか、と俺は思った。

紡希が指差したのは、簡素な部屋の中でひときわ目立っている、賞状とトロフィーでいっぱいの棚だった。

以前、結愛の家にお邪魔した時、俺も気になっていたところだ。

あの時は勉強に集中しようとするあまり、興味が長続きすることはなかったけれど……結愛のバイト先で、桜咲から気になることを言われてから改めて見ると、とても意味深なものに思えてしまう。

「昔、ピアノめっちゃ弾いてた時に獲《と》ったの」

ピアノなら、バイト先で今も弾いている。だが、そういう合間の時間にちょっと弾いている、という程度のものではないのだろう。

「……捨てるのももったいないから、そこに置いてるだけで、誰かに見せるために飾ってるわけじゃないんだよね」

結愛は栄光の証《あかし》の数々が並んでいる棚の前に立って隠そうとする。

「えっ、じゃあもう大会みたいなのに出ないの？　結愛さんがなんか広いところでピアノ弾いてるとこ見たかったのに」

紡希が言う。俺はちょっとヒヤヒヤしていた。結愛からすれば、あまり触れてもらいたくなさそうだったからな。

「出る意味なくなっちゃったからね」

困ったような顔をしながらも、結愛は紡希にしっかり答えた。

「……何かあったのか？」

紡希に便乗して、俺は訊ねた。

無理に訊《き》こうとするな、と桜咲から釘《くぎ》を刺されてはいたのだが、紡希の質問に答えたことをある程度余裕がある証と判断して、今なら訊けるような気がしたのだ。

「……私がピアノ始めたの、取り柄が欲しかったからなんだよね」

取り柄なんていくらでもありそうな結愛のことだから、俺は冗談を言っているのかと思ってしまった。

「私さ、五コ上に兄がいて」

結愛が言った。

「なんかねー、何でもソツなくやっちゃう感じで、私からすれば目の上のたんこぶ感あって。それで、じゃあ兄さんに勝てるのはなにかなーって思った時、見つけたのがピアノだったの。兄さんはなんでもやる人だったけど、ピアノを弾いたことはなかったから」

「じゃあ、結愛さんはお兄ちゃんに勝ちまくりだったんだね。こんなにいっぱい賞状とかトロフィーがあるんだもん」

浴衣《ゆかた》のままの紡希は、瞳を輝かせながら、結愛が勝ち取った宝の山を眺める。

「うーん、結局、私は兄さんになにも勝ててない気がするんだよね」

紡希の隣に並んで、結愛が言った。

そんな二人の話に入っていけない俺がいた。

ていうか結愛、兄貴がいたのか？

なんだよ、別にシークレットキャラ扱いしなくたっていいだろうが。

でも結愛に兄貴がいるのなら、結愛の両親との戦い方も風向きが変わるな、と期待を持った時だった。

「結愛さんのお兄ちゃんってどんな人？　結愛さんに似てる？　いつか会えるかな？」

お下がりの浴衣をもらった時の上機嫌のまま、紡希は結愛の手を取ってぶんぶん振り回した。

「会わせてあげたいところだけど、もう無理だよ、ごめんね」

「どうして？」

「私が中学の時に、事故で死んじゃったから」

一瞬、その場がまったくの無音になった気がした。

紡希が申し訳なさそうな顔でしゅんとする前に、結愛が続ける。

「……紡希ちゃんには、話したことあったよね？」

「あっ、そっか。前に結愛さんが言ってた、『私も大事な人亡《な》くしちゃったから』って、結愛さんのお兄ちゃんのことだったんだね……」

結愛の兄のことを、紡希が俺より先に知っていたことにも驚いたのだが、もっと衝撃的だったことは、結愛もまた、家族を亡くしていたということだ。

それにも拘《かか》わらず俺は、これまで結愛に頼り切りになっていたのだ。情けなく思わずにはいられない。

結愛から助けられたことなんて一度や二度では済まないのに、俺は何もしてやれなかったのだから。

「ほらー、なんかこんな感じで暗くなっちゃうー！」

重い雰囲気を自らぶち破るかのように、明るく、大きな声を出したのは結愛だった。

「せっかくのお泊まりなんだし、私の話はもういいでしょ。今日は二人がお客さんなんだし、ごはんは私がつくっちゃうから、二人はその辺でくつろいでて！」

結愛は俺たちの背中を押して座らせると、そそくさと台所へ向かう。名雲家と違って、リビングとキッチンの間に仕切りはないから、結愛の姿はよく見えてしまう。

こんな時なのに、いや、こんな時だからこそ、俺は桜咲の忠告を思い出す。

『結愛っちから無理に訊くようなことはしないでね』

桜咲に忠告されたから、というのは言い訳だ。結愛の亡くなった兄と、ピアノをやめてしまった理由をもっと深く聞きたかったけれど、今の俺には、結愛に踏み込む勇気はなかった。

「……なぁ、紡希」

だから俺は、結愛の様子を気にしながら、隣でスマホをいじり始めた義妹に声をかける。

浴衣はもう脱いでいて、丁寧に畳んだ状態で紡希のそばにあった。

「シンにぃ、どうしたの？」

「紡希は、結愛のお兄さんのこと知ってたんだよな？　いや責めてるわけじゃなくて、ちょっとした確認なんだけど」

できるだけ、声音が尖《とが》らないように気をつけた。紡希は何も悪くないのだから。

「……うん、そうだよ」

それでも、紡希は、辛気臭い俺から深刻な空気を感じ取ってしまったようだ。

「べつに、シンにぃにいじわるしたり、仲間はずれにしたり、そういうことじゃなくてね、元々、二人だけの秘密だったの」

「秘密……？」

「わたしが教えてもらったのは、結愛さんがシイッターでDM送ってきて、会った最初の日なの」

「初対面でか？」

「きっと、結愛さんはわたしを安心させたかったんだよね。だって、『私も似たようなもんだから、仲間が一人ここにいるんだし、不安にならなくて平気だよ』って言ってくれたから」

「そっか……だから紡希は、結愛をうちに連れてきた時からあんなに懐《なつ》いてたのか」

「結愛さんは『大事な人』ってだけ言ってたから、結愛さんの元カレかと思って、これシンにぃには言わない方がいいやつだってずっと黙ってたの」

「いや、それはいいんだけど……」

紡希の余計な気遣いはともかくとして、謎が一つ解けた。

紡希の信頼を摑《つか》んだのは、結愛本人の人間力もあるのだろうが、自分と同じ境遇の人がいる、と紡希に仲間意識を持たせることができたからだったのだ。出会い系同然の初対面とは思えないくらい結愛にべったりになっていたからな。

「ねー、シンにぃ」

紡希は、俺の服をくいくい引っ張りながら、こちらを見上げる。

「だから結愛さんのこと、怒らないであげて。もっと優しくしてあげて」

「怒ってないし、優しくする気はあるよ」

「よかった。……じゃあ今日の夜は、わたしはここで寝るし耳も塞いでてあげるから、結愛さんのこと慰めてあげてね」

「そういう気遣いはいらないかな……」

「彼氏なのに？」

「……『彼氏』だからだよ」

結愛と付き合っていない以上、俺は紡希の期待には応えられそうにない。……ていうか、付き合っていたとしても紡希が挙げたような手段は取らないけどな。なんかこう、結愛の傷に付け込んでいるみたいで嫌らしいだろ。

「シンにぃの言ってることは、たまによくわからないよ」

「俺も、俺のことがよくわからなくなるよ」

結愛の兄のことを知ってしまったせいで、結愛は俺が思っていた以上に辛《つら》い境遇にあるのだとわかった。

俺がするべきことは決まっている。

結愛が俺を支えてくれたように、俺も結愛の支えになること。

結愛は、すべてにおいて俺を上回る。

俺ができることなんてない……なんて言っていられない。

結愛に頼り切りになった情けない気持ちを、このままにはしておけないから。

結愛が安心して寄りかかることができる存在に、俺はならなければいけないのだ。

「紡希から見て、俺と結愛はどう見える？」

返答に困るような質問を突然振られた紡希は、台所の結愛と俺の間で視線を行き交いさせていたのだが。

「お似合いの二人じゃないかなぁ」

答える紡希に迷いはなかった。

「だって、シンにぃと結愛さんの二人が一緒にいてくれると、すごく安心できちゃうから」

紡希の言葉で、俺の迷いは消えた。

俺と結愛は対等ではないから俺にはどうにもできない、という言い訳が使えなくなった。

愛する義妹の言葉を信用しないなんてこと、できるわけがないからな。

■第四章【今年は特別な宿題を片付けないといけない】

◆1【左腕の建前】

夏休みも残り一週間になった頃、俺の身に大きな変化が起きた。

「慎治《しんじ》、どうだった――あっ！」

俺が帰った時、玄関で出迎えてくれた結愛《ゆあ》は、俺の左腕を見た途端、みるみる笑みを広げた。

「ギプス取れたんだね！」

「見ての通り完全復活……まではいかないけどな。まだちょっと違和感があるから」

この日、通院先での診察の結果、ついにギプスを外してもいいことになった。

本来の予定では、ギプスが外れるのはもう少し先のはずだった。左腕を使う機会が少なかった分、回復も早かったのかもな。結愛のおかげだ。

腕には若干の違和感が残っているのだが、試しにキッチンでフライパンを握ってみたり、ちょっとした荷物を持ち上げてみたり、文字を書いてみたりしたけれど、痛みを感じることはなかった。この調子なら、二、三日もすれば本調子を取り戻せそうだ。

「よかったね」

そんな俺の姿を見た結愛は、微笑《ほほえ》んでくれていた。

「これで、紡希《つむぎ》ちゃんのために色々やってあげられるじゃん？」

「そうだな。紡希だけじゃなくて、結愛のこともフォローできるぞ？」

「左腕で？」

結愛は一瞬不思議そうにするのだが。

「私は慎治の左手でどうされちゃうの？」

ニヤニヤしながら俺に迫ってきやがる。俺が後退《あとずさ》りした分だけ距離を詰めてくるから、とうとう壁際《かべぎわ》まで追い詰められてしまった。ちょっと胸を張っただけで、突き出た結愛の胸に触れそうな位置まで接近を許したことになる。

「そうじゃなくてだな……」

結愛のために頑張る！　支えるぞ！　と決意したものの、やっぱりこういう恥ずかしさはどうにもできないんだよなぁ……。

「でもこれで、私が慎治の家にいる理由なくなっちゃったねー」

長い髪をなびかせながら、くるりと背中を向けて結愛が言う。

「だってもともとは、怪我《けが》した慎治を助けるためってここにいるわけじゃん？」

そういう名目だった。

その決断をしたのは、結愛にとっても簡単ではなかったはずだ。自分の力だけで暮らす、という決意があって、結愛は一人暮らしをしていたのだから。以前、空き部屋があるんだし一緒に暮らそう、と紡希から提案された時も、きっぱりと断ったくらいだからな。

結愛は、自分で課した勝負をすることで両親に負けないように気持ちを奮い立たせたいのだろう。だから、結愛の意思は尊重したいけれど……今の結愛を一人にするのは危うい気がした。久しぶりに実家に帰っても揉《も》めてしまったのだ。表向きは明るく振る舞っているけれど、凹《へこ》んでいるはずだ。

それとは別に、俺は結愛が抱え込んでいる辛いことを、新たにもう一つ知ってしまった。

「もう少し、ここにいたっていいだろ」

結愛を引き止めたかったし、引き止めないといけなかった。

「せめて夏休みが終わるまでは。あとちょっとで終わるんだし、せっかくだし最後までいればいい」

背中を向けたままの結愛に、反応はなかった。

「……それくらいなら、結愛がやってる自分との勝負にだって、負けたことにはならない

「慎治さぁ、私が、兄さん亡《な》くしたこと気にしてるって思ってるから、そう言ってくれてるんでしょ？」

振り返って、結愛が言った。

結愛の表情に怒りはなく、それどころか穏やかにすら見えたけれど、声音が尖っているように感じて、俺の背筋はピリついてしまっていた。

やはり、結愛なら俺の考えていることなんてすぐ見抜くか。

だからといって、ここで引き下がるわけにはいかない。

「だって……実際にそうだろ」

俺は、できる限りこれ以上結愛の機嫌を損ねないように気をつける。

身内を亡くしていることは、結愛からすれば引っ張りたくないことだろうし、他人から話題にされたくもないだろうし、こんな反応も予想できたことだ。……実際目にするとキツいけれど。結愛は今まで、俺に対して何かと優しくしてくれたからな。

「私は、大丈夫だよ」

言葉のわりには、結愛は大丈夫そうには見えなかった。

「私のとこは、紡希ちゃんとは違うから」

「どういうことだ？」

「だって、紡希ちゃんと紡希ちゃんのお母さんは、めっちゃ仲いいっぽいでしょ」

ということは、結愛と結愛の兄の関係性は、そうではないということなのか？

「うちの場合は、事情違うし」

「でも紡希には、『大事な人』って言ったんだろ？」

紡希の話では、そういうことになっていたはずだ。だからこそ二人は、初対面ながら互いに共通点を持つ者同士として仲良くなることができた。

結愛にとって、大事な兄だったのでは？

「……あの時は、そう言わないといけなかっただけ。紡希ちゃんめっちゃ落ち込んでるとこだったし、どうしても紡希ちゃんのこと励ましたかったの。だから、私も似たような状況なんだよって言わないといけなかった」

結愛が答えるまでに、間があった。

結愛はウソをついている。ウソ、と言えないまでも、本当のことを口にしてはいない。

だが、少なくとも結愛は亡くした兄と何らかの問題を抱えていることはわかった。

「わかった。今は、もうこれ以上訊《き》かない」

この場は、そう言っておくしかなかった。

結愛から無理に聞き出すようなことはしない。

何が何でも桜咲《おうさき》との約束を守ろうとしているわけではないが、この場で押せ押せの雰囲気で結愛に踏み込めば、結愛を傷つけることになる。

俺は結愛みたいに、踏み込むべきところとそうではないところの線引きを完璧にできるわけじゃない。勇み足をしたせいで大怪我する可能性がある。

今しないといけないのは、結愛を名雲《なぐも》家にとどめておくことだ。

結愛の兄妹《きょうだい》事情を、何が何でもこの場で聞き出すことじゃない。

「それとは別に、もう少しだけうちにいてくれ。……ギプスが取れたっていっても、まだ完全な状態じゃないし、もしものことだってあるかもしれないから。親父《おやじ》もまた他県に巡業に行かないといけないし、結愛にいてほしいんだよ。紡希のために最高の夏休みにしてやれるしさ」

今の一番の目的は、これだ。

「夏休みの間だけは……名雲結愛でいてくれないか？」

言ってしまってから、誤解を招く発言をしたことに気づいてしまい、頬に急激な熱を感じた。

「それヤバくない？」

答える結愛は、よく見慣れた、俺をいじって楽しむ時の表情に変わっていた。

その表情は次第に大きく崩れ始め、とうとうくしゃみをするみたいに吹き出してしまった。

「まさか……慎治がプロポーズしてくるなんて……」

とうとう腹を抱えてしまう。

「しかもめっちゃガチな顔で言ってくるし！」

「いや言葉の綾《あや》！　俺の結愛じゃなくて、名雲家の結愛でいてくださいって言ったの！　結婚の申込みとかじゃないぞ！」

うずくまる結愛の周りをぐるぐるしながら俺は弁解に走る。

「でも、結愛には、まだここにいてほしいって思っているのは本当だ」

これだけは、誤解を解こうとは思わなかった。

「いいよ。慎治にお願いされちゃったし、夏休みの間だけ、名雲結愛でいてあげる」

「そこあんまり引っ張るなよなぁ……」

恥ずかしいことこの上ないが、無事結愛を引き止めることに成功したのだから、良しとするしかない。

「いいじゃん。慎治と結婚できて、私めっちゃ嬉《うれ》しいよ？」

結愛は実にご機嫌な様子で、飛び込むようにソファに腰を掛けた。

また心にもないことを言うんだから……と思いかけたものの、結愛は今日イチ嬉しそうで、ちょっと前からは考えられないくらい本当のことを言っているように見えてしまう。

「慎治もこっち来なよー」

だらしなくソファに寝そべって、結愛が言った。

ソファの使い方は、すっかり住み慣れた我が家感あるんだよな。

俺も、帰宅してすぐ勉強、という気分でもなかったから、結愛の言う通りにして向かいのソファに腰掛けようとする。

「そっちじゃないでしょ」

二人がけのソファにいた結愛は、一人分座れるように場所を空けていた。

結愛がじゃれつこうとするのはいつものことなのだが、いつものことだからこそ、俺は言われるがままに従った。

結愛が空けていた場所は、自分の右隣だった。

「痛いって思ったら、すぐ言ってね」

隣に座った俺の左腕に向かって、そーっと腕を伸ばしてくる。

「大丈夫っぽいな」

結愛に触れられても、俺の左腕に激痛が走ることはなかった。

「マジでー？　よかったじゃん！　こっちは？」

指先を俺の左腕に当てた結愛は、ピアノでも弾くみたいに左右に指を動かしていく。

「平気だけど」

くすぐったさがあるくらいだ。

「んふ。じゃあこっちはどーかなー」

「俺がいつ腿《もも》を怪我した？」

流石《さすが》に腿を結愛の指先に自由にされるわけにはいかないので、俺は脚を守るように結愛に半分だけ背を向ける姿勢になる。

「えー？　夫婦のスキンシップなんだからこれくらい全然アリじゃん？」

「夫婦じゃないからナシだ」

「ナシじゃないよ、夏休み夫婦だもん」

構わず結愛はすかさず距離を詰めてきて、俺の左腕にぴったり密着するかたちになった。

体を斜めにしてお互いにソファに腰掛けているのも妙な感じだ。腰掛けているというより、ころんと転がっているみたいだ。

「その言い草だと、夏休みが終わったら離婚することになるな」

売り言葉に買い言葉でそう返すのだが、結愛からの返事はしばらくなかった。

時計の秒針が動く音が気になり始めた時だ。

「慎治さぁ、紡希ちゃんのこと、私なりにどうにかしたかったのはホントだから」

結愛の声が急に湿っぽくなる。

「そのことはもういいよ、わかってるから」

普段の紡希への対応を見ていれば、結愛には何の打算もないことはわかる。

「紡希ちゃんだけじゃなくて、慎治のことだってそうだよ」

「俺の？」

「きょうだいで仲良くしてるとこ見て、安心したかったんだよね」

結愛は、俺の腕の上から抱え込むようにして腕を伸ばしてくる。背中に、結愛の鼻先がくっつく感触があった。

「じゃあ、結愛の思ってたとおりになったってことだな」

「そうかもね」

結愛は答えた。

「他の人のことなら、上手《うま》くできるんだけど」

自嘲するように言ったきり、俺に腕を回したまま、しばらくそうしていた。

やはり結愛は、亡くした兄のことを胸の内で燻《くすぶ》らせ続けているようだった。

◆2【手が合う相手】

翌日。

俺は、結愛をこのままにしておきたくなかった。

どうにかしたいところだったけれど、気持ちだけが先走ったところで、ロクな結果にならないことは目に見えている。

協力者が必要だ。

夏休みの総決算みたいな日にちに開催される夏祭りが迫る中、俺はS道橋のファミレスに来ていた。

目の前には、桜咲がいる。

どうしても結愛を今のままにしておきたくない俺は、自分以外の力を頼りにすることにしたのだ。

結愛の親友である桜咲に相談して、解決策を探るつもりだった。

以前の、結愛のバイト先での発言から考えて、桜咲は結愛の兄のことを知っていたみたいだしな。

桜咲にメッセージを送ると、結愛のこととあって了承してくれたものの……相談するタイミングを間違えたかもしれない。

「……桜咲さん、なんかイライラしてない？」

目の前の席で、ドリンクバーから持ってきたメロンソーダをすする桜咲に言う。

「イライラはしてない。ピピピってしてる」

「どんな状態だよ」

「瑠海《るみ》の格好見てわかんない？　今日は大事な日なんだからね！」

桜咲は、見覚えのある格好をしていた。

名雲弘樹《ひろき》が二本のベルトを掲げている姿がピクチャープリントされた黒のTシャツに、名雲弘樹のネームが入ったタオルを首に掛け、手元には応援に使うのであろう名雲弘樹のコスチュームカラーと同じ赤と黒の鳴り物があった。スカートはミニだが、その下は名雲弘樹のコスチュームを模したボクサーパンツではないと信じたい。

全身を名雲弘樹グッズで固めた、推し応援スタイルテンションマックスバージョンの格好で、桜咲は俺の目の前にいた。

「開幕戦で前回王者の飯本、二戦目で前々回の準優勝者棚原、そして三戦目で現世界ヘビー王者の鯉島《こいじま》まで倒して、これもう今年の王者は名雲でしょ！　って流れだったのに……」


テーブルに、ドン！　と拳を打ち付け、桜咲はふるふる打ち震えた。

「ジュニアヘビーのジュウドー・ショーグンに丸め込まれてスリーカウント取られてからは四連敗……！　今日負けたらもうあとがないんだよ、あとが！」

この世の終わりだ、とばかりにわなわな震える桜咲。

桜咲はこの後、近くにあるK楽園ホールで『GL』を生観戦するついでに、俺の相談を引き受けてくれたのだった。

「まあ名雲もベテランだからな。長丁場の戦いになると不利だろ」

「なぁにをのうのうと！」

桜咲は、メロンソーダを口に含んで俺に向かって噴出させようとしたのだが、辛《かろ》うじて理性が残っていたのか、唇を突き出したままごっくんと飲み込んだ。

「瑠海なんか、願掛けまでしてきたんだからね」

桜咲は、自らの髪を示す。

鮮やかなピンク頭の桜咲だが、今日はインナーカラーとしてグリーンが交ざっていた。

おまけにツインテールにせず、長い髪をまっすぐ下ろしている。髪を下ろすと、小柄な桜咲も少し大人っぽく見えるんだよな。

夏休みだからってはっちゃけてんなぁ……いや、学校がある時から校則違反上等な髪色してたわ。

「そっか。あとは関西弁で話せば完璧だな」

「ア○カじゃねーわ。華○でもねーわ」

桜咲は、尖《とが》らせた唇を、ぶぶぶ……と震わせた。

「きっと名雲が負けちゃうのは瑠海の髪がピンクだからなんだよね。ピンクの髪の瑠海が生観戦してたから名雲は本調子が出なくて連敗ばっかなの。だから思い切って髪色変えたら名雲はまた勝ちまくってくれるよね」

桜咲は、手のひらサイズのマスコットになった名雲弘樹に一人で語りかける。

やベー奴《やつ》……。

これはまだまだ、俺の親父《おやじ》が名雲弘樹だと教えるわけにいかないな。

「だから名雲くんも、願掛けして坊主《ぼうず》にしなさいよ」

「断固断る」

「なんでよ。スリーパーホールドで眠らせた間にバリカンでツルツルにしてあげるから」

「それもう坊主超えてスキンヘッドじゃねぇか」

「いいじゃん。地味でしょっぱい名雲くんも、スキンヘッドにしたら大ブレイクするかもよ？」

「うるさいよ。俺の返事は、ヘル・ノーだよ」

「言わせてもらうけど、結愛っちがお兄ちゃんのこと教えてくれるなら、十分進歩してると思うよ」

「ぬるっと話変えるなよ……」

危うく聞き逃すところだっただろうが。

「瑠海だって、結愛っちからお兄ちゃんのこと教えてもらうまで結構時間かかったんだから」

マスコット相手にうっとりした目で語りかけていた時とは打って変わって、背筋を伸ばした桜咲は緊張感をまとって見えた。

「結愛っちとは一年生の頃からの付き合いだけど、仲良くなっても半年くらいはそういうの教えてくれなかったし」

派手な見た目になっているだけに、桜咲はより気落ちしているように見えてしまう。

「結愛っちって弱いトコ見せたがらないし、そのくせすごく気を遣っちゃうところもあるから。たぶんさー、名雲くんにお兄ちゃんのこと詳しく話すと、名雲くんに気を遣わせちやうとか思ってるんじゃない？」

「……でも、親のことでゴタゴタしてるってことは、教えてくれたぞ？」

「それは、名雲くんも似たような状況だからでしょ」

桜咲には、俺の両親のこと……特に名雲弘樹絡《がら》みのことは教えていないのだが、最近は百花《ももか》ちゃんを通して紡希と交流しているから、俺の家庭事情が複雑なことは知っているのだろう。

「フィフティ・フィフティで対等だから、これなら教えちゃってもいいやってことなんじゃないの」

桜咲の言うことにも、一理あると思った。

「萌花《もか》から聞いたんだけどー、名雲くんとつむっちはめっちゃ仲いいみたいじゃん？　じゃあえて、自分の方から暗くなりそうなこと言わなくていいって思ってるんじゃないの。うちらと歳《とし》変わらなそうなお兄ちゃんが亡《な》くなったなんて話、めっちゃ重いじゃん。雰囲気悪くしたくなかったんだよ」

「そんな気遣いいらないんだよな……」

結愛が間に入ってくれたから、俺と紡希は家族としていられるようになれたのだ。

だから、雰囲気を重くすることになろうとも、辛《つら》いことを抱えているのなら吐き出してほしかった。

「名雲くんのことだから、つむっちのことばっかりで色んなとこまで目配りできるわけじゃないだろうし、結愛っちも余計に気にしちゃうんでしょ。まー、これは悪い意味だけじゃなくて、いい意味でもあるからね。名雲くんが頑張ってるのはわかるし。結愛っちだって、名雲くんのそういうとこわかってるから、あんまり思い切ったこと言えないんだよ」

「やっぱり、俺のせいかぁ……」

「名雲くんのせいでもあるけどー」

改めて、俺自身の能力不足や至らなさを突きつけられて凹《へこ》みそうになるのだが、桜咲は俺を責めるような雰囲気ではなかった。

「でも名雲くんは、べつに今のままずーっと同じ名雲くんでいるとは限らないし。結愛っちのためにどうにかしようって気持ちがあれば、なんとかなるよ」

意外な桜咲の発言により、飲んでいたコーラが危うく喉のあたりで詰まりそうになった。

ここではないが、桜咲と初めてファミレスで衝突した時と比べれば、ずいぶん態度が丸くなったなと思う。

桜咲も、ずっと同じ桜咲ではないということか。

「みんなの前で名雲くんが、結愛っちの居場所を守れるように頑張ったこと、瑠海も知ってるしね」

いや、俺が変わったからこそ、桜咲からの対応も変わったのかもしれない。

……つまり、俺にだって、結愛を救える可能性は十分にあるということで。

「だから瑠海は、昨日と違う髪色にして、名雲を応援するの！　今までと違う瑠海に応援されたら、結果だって変わるから！」

「……なんか、桜咲さんのやべーところに感心させられそうになるな」

「やベーくないから！」

桜咲はぷんすかしながら立ち上がり、伝票を手に取って赤いキャップをぽふんと頭に乗せた。これも名雲弘樹グッズのキャップだ。相変わらず親父のグッズはよく売れるからな。

「そろそろ開場の時間になるし、瑠海はもう行くから。支払いはやっといてあげる。だって名雲くん、無職だもんね」

「学生ダヨ！」

勉強だけしていればいいという特権階級だぞ。インテリゲンツィアなんだ。労働の必要はないんだよ……。

「はいはい」

桜咲は俺の反論を適当に聞き流しながら手を振る。

「夏祭りの時は、瑠海もちょっとはお膳立てしてあげるから。いつもと違ってテンションぶちアガりな時こそチャンスなんだから、そこで絶対結愛っちのこと解決してあげてよね」

「ああ、頑張る」

弱気な俺が顔を出して、もしダメだったら？　と聞いてしまいそうになるけれど、耐えた。せっかく、「天敵」の桜咲が協力すると言ってくれたのだ。厚意に精一杯報いたい。

「じゃあ瑠海は名雲の神試合をナマで観戦してきちゃうんで。名雲くんと違って瑠海はお金持ってるから、リングサイドの特等席で見ちゃうから。ぷひひ、ごめんねー」

心底嬉《うれ》しそうに俺を煽《あお》りながら、桜咲は店を出ていった。

まあ名雲弘樹なんぞ、俺の場合テーブルサイド席でタダで見放題だから、リングサイド席程度でドヤられても困るんだけどな。

◆3【それでも俺は動かないといけない】

夏祭りが開催される、当日になった。

天候に問題はなく、気温も夏場にしては快適で、絶好の祭り日和だ。午後に天気が荒れることもないらしい。

　出かけるのは夕方からだから、それまでに家事を済ませておかなければ。

　リビングで掃除機をかけていると。

「シンにぃ～、行ってくるから。またお祭りの時にね～」

　浴衣《ゆかた》が入ったリュックを手に、紡希がやってくる。

「ああ、集合場所はわかってるよな？」

「わかってる～」

　そう言いながら、踊るような足取りで玄関へ向かう。

　紡希はひと足早く出かけることになっていた。

　なんでも、一旦百花ちゃんの家で過ごして、時間になったら着替えて夏祭りへ向かうそうだ。少しだけだが、桜咲家からの方が祭りの会場には近いのだ。紡希の場合、残りはほとんどない夏休みを、少しでも多く百花ちゃんと過ごしたいのだろうけれど。

「せっかく結ってもらったんだから、百花ちゃんの家ではしゃぎすぎて崩すなよ」

「ぐしゃぐしゃになってもあとで結愛さんに直してもらうから平気だよ」

　紡希の髪は、浴衣に合うように、とポニーテールになっていた。紡希はあまり髪が長くないから、後頭部で房になった髪がぴょこんと出ている感じになっているのだが、房へ至る髪の束は結愛の手で編み込みが成されていて、凝った髪型になっていた。いつもと違う髪型になったから、余計にテンション上がっているのだろうな。一刻も早く百花ちゃんに披露したい、という顔をしている。

玄関で紡希を見送り、俺はリビングに戻る。

「紡希ちゃん、もう行っちゃった？」

洗濯物が詰め込まれたカゴを抱えるように持って、結愛がリビングにやってくる。

「ちょうど今、出たところだ」

「じゃあ、夕方までは私と慎治の二人っきりだねー」

縁側に繋《つな》がる窓を開けながら、結愛がこちらを見る。

縁側の先にあるうちの庭は、快晴の日は洗濯物を干すのに使っていた。もちろん下着は別のところに干す。

「そうなるな。親父が戻ってくるのは、明後日《あさって》だし」

親父は、桜咲が観戦したK楽園ホールでの試合に勝利し、どうにか決勝進出への望みを繋いだ。桜咲の願掛けは成功したわけだ。地方での大会も気合が入っているだろうな。

「じゃあ今、慎治の頭はえっちなことでいっぱいだねー」

「なんでそうなる……」

確かに、結愛のことで頭がいっぱいなのは事実だけどさ。

結愛の苦しみを取り除こうと心を砕いている俺のことを理解して……くれなくていいか。

結愛には気を遣ってほしくないのだ。いっそ結愛の冗談に乗っかるのもいいだろう。

「もしこの状況で、俺がエロいことしか考えてなかったらどうするつもりなんだ？」

「集合時間に遅れちゃうかも～って思うだけだよ」

一体何をして集合時間に遅れるつもりなんだよ。詳しくは聞かないけどさ。

一方の結愛は特に動揺することもなく、窓を開けて縁側に出た。

縁側にはサンダルが用意されているのだが、結愛がサンダルを履こうとして屈《かが》み込んだ時、重力によるセクハラ行為で胸の谷間が見えてしまう。

「慎治～、なんかめっちゃその気になってなーい？」

そのままの姿勢で、勝ち誇ったようなニヤニヤした笑みを浮かべてこちらを見てくるあたり、結愛め、意図的にやりやがったな。

「終わり、この話終わりな！　俺は勉強のことしか考えてなかったから！　か、勘違いしないでよね！」

もちろん、この雰囲気に音を上げるのは俺の方が先だ。谷間がチラ見えしただけで俺にとってはオオゴトなんだよ。

「そーぞ。慎治はあんまり慣れないことしない方がいいよー」

「くそう、くそう……」

結愛とは直接間接問わずに接触率が高いのに、一向に慣れる気配がないのはどういうことだ。触れられるたびに新鮮な驚きにドキドキしちゃうんだよなぁ……。

俺は外の風に当たって頭を冷やそうと、掃除の手を止め、縁側に座り込むことにする。

いつもはジメッと暑いはずなのだが、今日は日陰にいれば十分涼むことができた。

結愛は、庭の物干し竿《ざお》に洗ったばかりの白いTシャツやタオルを引っ掛けていく。

「夏休みも、もう終わっちゃうね～」

「夏祭りが終わったら、始業式なんてすぐだからな。宿題終わったか？」

「やらないと慎治がうるさいから、もう終わらせてるよー」

「それならいい。学生の本分は勉強だからな。それ以外のことなんて考えなくていいんだよ」

だから結愛には、家庭内のゴタゴタで悩ませたくなかった。

「私さー、今年の夏休みは、これまでの中でも一番楽しめた気がする」

「終わり感出さなくていいだろ。まだ最後の大イベントが残ってるんだから」

「あはは、そうだね。でも、そっちは楽しくなるの決まってるでしょ」

あまり楽しみにされると、今日こそ結愛に踏み込もうとしている俺の決意も鈍りそうだ。

いっそ、放っておいた方がいいんじゃないか、と思える時もある。

失ったことの傷は、時間が癒やしてくれることだってあるだろうし。

けれど、結愛は、兄のことで自分を責めているような節がある。

このまま放っておけば、こじらせる一方に思えた。

リビングに戻った俺は、テレビをつけて適当なチャンネルを選ぶ。

「げ。こんな時に出てくるなよな……」

夏休みということもあり、午後〇〜も特別編成になっていて、普段は洋画ばかり放送しているはずなのに、今日は邦画だった。

篠宮恵歌《しのみやけいか》が過去に主演した映画だ。

だいぶ前の作品らしく、篠宮恵歌が高校生を演じていた。この時の篠宮恵歌はまだ二十歳かそこらだったはずだ。

「今と顔変わってねぇのはどういうことだ……」

時代によってトレンドがあるから、いくら演者が若くても、メイクや髪型のせいで古臭く見えてしまうことがあるのだが、篠宮恵歌はどんな年代でも通用しそうな見た目だった。

「人間オーパーツかよ」

などと映画にツッコミを入れていると、視線を感じた。

「慎治、もしかして結構ファンになっちゃってない？」

洗濯用のカゴを抱えて、結愛がとんでもない誤解をする。

「たまたまチャンネルが合っただけだ。観《み》たくもない、こんなもの」

俺はテレビから視線をそらすのだが。

「おっ、マジかー」

急に結愛がテレビに反応したと思ったら、なんと劇中では高校生カップルがしっとりとした瞳でお互い見つめ合い、今まさに唇を触れ合わせようとしていた。

「…………！」

「あっ！　なんで消すの？」

「……お前は、母親のキスシーンなんぞ見たいか？」

「ええ〜、めっちゃ盛り上がるシーンだったのに……」

唇を尖《とが》らせて不満そうにする結愛には悪いが、いくら母親の作品を観られるようになろうが、キスシーンやら濡《ぬ》れ場《ば》やらのシーンはマジで無理なのである。今放送されているのは今から十五年近く前の映画だからともかく、厄介なことに篠宮恵歌の場合、未《いま》だにやたらと若い見た目を保っているせいか、自分よりずっと若い俳優とのラブシーンを演じることもあり、これもまた今まで俺がヤツの出演作を避けてきた理由なのだった。

「ヴァー、ヤツのせいで全身に鳥肌が……」

俺は、悪夢みたいな光景を頭からかき消すべく、家事に集中しようとする。

夏祭りが始まる夕方までに、やるべきことをやっておかないといけないのだから。

◆4【夏の決戦】

うちの地元は、都内でも地味な場所にあるのだが、そのせいか納涼の夏祭りは盛大に行われていた。たくさんの露店が並ぶのはもちろん、花火までバンバン上がる。

広い境内を持つ神社と、その近くにある河川敷《かせんじき》にて行われる祭りには、今年も多くの人間が押し寄せていた。境内に屋台や露店を出しているせいで神社は人で埋め尽くされていて、まともに身動きが取れなそうだった。

皆、地元の人間だろう。都内ならもっと大きな祭りはいくらでもあるわけで、わざわざここに来ることはないから。

すっかり日が落ちた、夜。

俺と結愛は、神社の近くにある小さな公園で、紡希と桜咲姉妹が来るのを待っていた。

目印になりそうな背の高い時計が建っていることから、この公園を集合場所に選んだわけだが、考えることはみんな同じなようで、住宅街の隅にある小さな公園は、すでに人でいっぱいだ。俺はブランコを囲む柵に腰掛けていて、隣では結愛も同じようにしている。

「遅いな……迷子になってないといいんだが」

「まだ五分過ぎただけだし、瑠海もいるんだから大丈夫でしょ」

結愛は呑気《のんき》だった。

「慎治も浴衣着てくればよかったのに。せっかくのお祭りなんだし」

「俺が着たって映えないからな。そもそも、俺がそんな祭りの時にしか着ないチャラいパリピ専用の衣服を持ってると思うか？」

「浴衣になんか恨みでもあんの？」

結愛は、きっちり着飾ってこの場にいた。

紺色の生地に、花火を模したような華やかな白と赤の花の絵が描いてあり、帯は黄色かった。普段下ろしている髪は結ってあり、うなじが丸見えだ。紡希と同じ髪型だな。結愛の方が髪が長いから、ポニーテールも編み込みもずっとサマになっているけれど。手には浴衣の雰囲気に合ったバッグを提げていて、カジュアルな下駄《げた》を履いている。

Tシャツにハーフパンツにスニーカーな俺と大違いだ。

俺は浴衣《ゆかた》なんぞ着ないけれど、結愛の格好を前にすると、見る分にはいいかもな、なんて思ってしまう。

「その浴衣だけど――」

「なになに！　慎治、なんか感想言ってくれんの⁉」

「いや、そうじゃなくて……」

想像以上に身を乗り出してくる結愛に圧倒される。

確かに、結愛が浴衣に着替えてからというもの、感想を口にしたことはないけどさ、着替えてしばらくはまともに視線を合わせられなかったことを賞賛の代わりにしてほしいところ。

「それ、前から持ってたやつ？」

そう訊《たず》ねた。

「去年も着たかなぁ」

「じゃあ、去年もどこかしらの祭りに行ったってことか？」

「ここじゃないけどね」

結愛のことだから、こんなローカルな夏祭りではなく、どこぞの大きな祭りにでも行ったのだろう。

「浴衣がドレスコードになってるイベントで、クラブを貸し切って――」

「待て、もういい。やめてくれ」

結愛の口から『クラブ』などという恐ろしいワードが出てきたことで、俺の陰キャ拒否反応は全開よ。耳塞いじゃお。

「オレ、ナニモキイテナイ」

「なんか失礼なこと考えてない？　いかがわしいイベントとかじゃなくて、学校祭の打ち上げみたいなノリの――」

パリピな結愛を前にして聞か猿化していると。

「結愛さん！　シンにぃ……慎治兄さん！」

紡希一行がやってきた。

「紡希！　浴衣！」

紡希の登場により、荒廃した世界から一気にメルヘンな世界観に早変わりし、脳内の処理が追いつかない俺は、『紡希きゃわわ！』などと普段は絶対使わない語彙を口にしてしまう。まあ、オトナぶりモードが崩れかけているのはちょっと心配ではあるが。

「だからぁ、学校祭の打ち上げみたいなノリの女子会イベントだって言ってるじゃん……んもう、聞いてないし！」

結愛に首根っこを摑《つか》まれながらも、俺は紡希の下へ寄っていった。

浴衣姿なのは、百花ちゃんも桜咲も同じだった。百花ちゃんは薄桃色の浴衣で、桜咲は赤の生地に黒いラインが走った意欲的なデザインだった。名雲弘樹のイメージカラーに合わせやがったのだろうな。

「名雲くん、女子に囲まれてお祭り行くのに、その格好なに？　ナメてんの？」

浴衣姿の紡希を前にして心穏やかな気分になっていると、桜咲の冷たい声が飛んできた。

「今日が大事な勝負所って言ったでしょうが……！　名雲くんにとっての『イッテンヨン』なんだからね……！」

俺の耳をつまみ、耳元で声をかけてくる。

「わかってる、わかってるから、その前に俺の耳を取っちゃうのはやめてくれ」

俺の懇願を聞いて、桜咲は耳をつまむのをやめてくれた。エルフ耳になって可愛《かわい》くなっちゃったらどうするんだよ。

「結愛っちごめんね〜、電車混んでてー」

桜咲は紡希と百花ちゃんを引き連れて、結愛の下へと向かい、華やかな女子同士のトークが始まった。

「じゃ、花火が始まる前に境内の屋台回るか」

浴衣女子の集団に交ざった時、俺はようやく悟った。

周りは浴衣なのに、俺だけ普段着。

みんなと違うことにはもはや慣れたはずなのに、みんなと違う格好をしていることが急激に恥ずかしくなった。

「慎治、だから浴衣着てきた方がいいよって言ったじゃん」

結愛は呆《あき》れてため息をつきながらも、俺の左腕に手を添えた。

「まー、名雲くんの浴衣姿なんて見たってしょうがないけどね」

桜咲は桜咲で、俺の右腕を抱えた。

「慎治兄さんだって、小学生の時は着てたじゃない。今更何を恥ずかしがってるの？」

「お兄さんはスラッとしてるから、浴衣姿もきっと似合いましたよ」

紡希と百花ちゃんの仲良しコンビが、俺の前を歩く。

俺は、浴衣女子に埋もれることで、地味な普段着だというのに浴衣を身にまとっているような不思議な感覚になるのだった。

ことだってある。

◆5【サシで勝負】

境内に並ぶ屋台の顔ぶれは毎年代わり映えがなさそうだけれど、だからこそ安心できることだってある。

祭りという特別な場だからか、女子組ははしゃいで見えた。

「百花。わたしたちは百花の家で軽くごはんを食べてきたけれど、それでもお腹《なか》が空《す》いてしまうのはわたしたちが成長期を迎えて大人になろうとしているからよね？」

「そうだよ。だから私たちが意地汚いわけじゃないよ！」

中学生組は旺盛な食欲を隠そうともせず。

「ま、マジで……？　来月ここで奉納プロレスやるの!?　い、今からどこが一番リングを見やすいかチェックしとかなきゃ……！」

スマホを手にしたエニウェイオールプオタは、インディー団体が主催するらしい境内でのプロレスに今から興奮し。

「慎治、あそこで射的やらない？　私、ああいうのやってみたかったんだよねー」

結愛はとにかく遊びたがる。

チームがバラバラじゃねぇか。

「結愛っち、名雲くん。こっちの面倒は瑠海が見るから、そっちは好きに遊んできたら？」

そんな提案をしてきたのは、桜咲だった。

俺にだけわかるように、桜咲はパチンパチンと片目を閉じてくる。

なるほど。これが、桜咲なりのお膳立てなのだろう。

浴衣の件では残念な姿を見せてしまったから、ここで挽回《ばんかい》しないとな。

「そうだな。せっかく一緒に来たのに悪いけど……花火の時に合流すればいいよな？」

俺は、女子組に確認を取る。不満はどこからも漏れることはなかった。

「じゃあ、そういうことでね。ほら、行くよ。桜咲軍のメンバーになったからには、リーダーの言うことは絶対なんだから」

紡希と百花ちゃんの肩を抱くようにして、桜咲は人混みをかき分けるようにして境内の奥へと向かっていく。

「ほら、桜咲軍は？」

「「イチバーン！」」

桜咲に合わせて、紡希と百花ちゃんが拳を突き上げる。

なんという統制の取れた動き……。

「桜咲さん、あれ完全に紡希を手なずけたな……」

「瑠海は年下の扱い得意だからね。面倒見いいし」

紡希が桜咲に懐《なつ》くのはモヤッとするものの、なんだかんだで桜咲は俺のことも気にしてくれるし、面倒見がいいのは本当なのだろう。

こうしちゃいられない。せっかく桜咲がお膳立てしてくれたのだ。

「じゃ、俺たちも行くか」

俺は、そっと結愛に手を差し出してみる。左手はまだ怖いので、右手だけど。

「そうだね」

結愛はすぐに俺の手を握り返してくれた。

これは、ひたすらふわふわとしていて甘いデートなんかではない。

勝負だ。

俺の手のひらを通して、緊張が結愛に伝わってしまっていなければいいのだが。

★

ゲーム系の露店を回ったのだが、結愛は案外この手の遊びに慣れていないようだった。

「そりゃ、小学生の時以来だからねー」

射的の露店の前で、コルクの弾を発射する銃を構えて結愛が言う。

「これでもブランクあるっていうか」

台で隔てられた向こう側にある、ひな祭りみたいに並んだ景品を目掛けて撃つのだが、落とすどころか当たる気配すらない。

「そうだ、こうすれば……」

結愛は台に身を乗り出す暴挙に出る。

店主のおっさんに怒られることよりも、身を乗り出したせいで結愛の尻のラインが見えてしまっていたことが気になった。俺は、周囲の客に見られてしまわないように、さりげなく結愛の背後に立ち位置を移す。

「そっか、その手があったね」

「どんな手だ？」

「おじさん、協力プレイってアリ？」

結愛の質問に、店主は嫌な顔をすることなく頷《うなず》いた。

「ほら、慎治こっちこっち」

「あっ、おい……」

なんと俺は、結愛の策略により、銃を構える結愛を真後ろから支えるような位置に立つことになってしまった。

「私よりは、慎治の方が上手《うま》いんじゃない？」

俺もたいした腕前ではないのだが、結愛の言う通りにしない限りこの恥ずかしい体勢のままなので、頷くしかなかった。

身を乗り出す結愛が手にした銃を支えるために、俺まで前のめりにならないといけなくなる。

「慎治〜、もっとくっつかないと狙いつけにくくなるでしょ」

結愛に引っ張られ、背後から覆いかぶさるような姿勢になってしまう。

結愛の尻を守るために後ろに立ったというのに、まさかその俺が結愛の尻を攻撃するような体勢になってしまうとは……。不可抗力だから俺は悪くない。あと、周囲の一部から囃《はや》し立《た》てるような口笛が聞こえるのだが、やめてくれ。見世物は俺じゃなくて射的の方だ。そっちに注目して！

俺は、一刻も早くこの公開処刑から逃れるべく、獲物を撃ち落とすために集中力を注《つ》ぎ込むのだった。

★

結局、そうまでして手に入れたのは、ドロップ缶だけだった。

そもそも二人羽織《ににんばおり》状態で撃ったところで、命中率が上がるわけでもない。

結愛からすれば尻を襲われ損だと思うのだが、ドロップ缶を手に隣を歩く姿は満足そうだった。

ドロップ缶を振った結愛の手のひらには、白いドロップが転がり込んでいた。

「わ、ハッカ出てきたんだけど」

「嫌いなのか？」

「昔から、なーんか苦手なんだよね」

「じゃあ俺が食う」

結愛からドロップを受け取って口へと放り込む。

口の中に広がる冷涼な感覚は、夏場の人混みの中にいることや、夏祭りを特別な同級生女子と一緒に練り歩く気恥ずかしさを一瞬だけ忘れさせてくれた。

「どうした？」

結愛が、俺をぼんやりと見つめているのが気になってしまう。

「ううん、なんか懐かしいなって思って」

「懐かしい……？」

「ごめんね、こっちのことだから——あっ、次あっち行かない？」

結愛に引っ張られ、俺はヨーヨーすくいの露店に足を向けるのだった。

◆6【迷子】

そうして結愛と、左右に露店が並んだ通りを歩いて、良さげな店がないか物色していた時だった。

来客者の頭だけが蠢《うごめ》いているような人混みの中から、誰かが泣いているような声がした。

声が聞こえた方へ注意深く視線を向けると、小さな女の子が立っている。

小学校の低学年くらいで、俺にはよくわからないキャラ物の浴衣《ゆかた》を着ていた。

たぶん、迷子だろう。これだけの人混みだ。途中で親とはぐれてしまったのだろう。見たところスマホを持っていないようだし、親に連絡を取ることもできなそうだ。

俺が気づくくらいだから、他の客だって女の子が泣いていることに気づいているはずなのだが、人混みの流れは止まる気配がなかった。精々、女の子にぶつからないように避《よ》けるだけだ。

このご時世だから、声をかけることを躊躇《ためら》っているのかもしれない。

善意で一緒に親を捜していたはずなのに女の子を連れ回す不審者として扱われてしまった、なんて話が頭をよぎると、善行すら躊躇《ちゅうちょ》するだろうからな。

もしくは、これだけ大きな声で泣いているのだから親が気づいてすぐ助けに来るだろう。

そう考えているのかもしれない。

いずれにせよ、女の子に声をかけようとする人間はいなかった。

俺は、大事な用事があって結愛と一緒にいる。

迷子の世話をしていたら、目的を達成することなく桜咲たちと合流する時間になってしまう。

だから、俺が取るべき選択は――

「どうしたんだ？　お父さんかお母さんは？」

俺は、迷子らしき女の子に声をかけていた。

どうも俺は泣いている年下の女の子に弱いらしく、名雲家に来たばかりの紡希を思い出してしまったのだ。放っておけるわけがない。

だが、そこは日頃校内最凶の陰キャとして知られる俺のこと。

女の子は、いっそう泣いた。

俺が陽キャの高身長イケメンだったら泣かせずに済んだのに、と思うのだが、それはもう俺じゃないんだよなぁ。別の誰かだ。

だが、俺の隣にいた校内最強の陽キャが、女の子の前にかがみ込んだ。

「もしかして、はぐれちゃったのかな？　だったら、お姉ちゃんたちが一緒に捜してあげるね」

「……うん」

結愛が声をかけると、女の子はぴたりと泣き止《な》《や》んだ。

やっぱり女の子は女の子同士で仲良くするべきなんだよなぁ。

などと、大の百合《ゆり》愛好家みたいな文言で現実逃避するくらい落ち込みそうになるのだが。

しゃがみながら女の子の手を握り、落ち着かせている結愛が、俺を見上げていて、その瞳は輝いていた。

「慎治なら、無視しないで助けちゃうって思ってたよ」

まるで自分のことのように、結愛の表情に喜びの色が広がる。

ばぁぁぁぁ！　俺が俺だから悪いんだぁぁぁ！　などと俺の脳内で無様に泣いていたり

トルシンジもぴたっと泣き止んじゃったよね。

やっぱり男の子は女の子とも仲良くしたいんだよなぁ。

「……お兄ちゃん、だいじょうぶ？」

ちょっと前まで泣いていたはずの女の子が、まるで年上のお姉さんみたいな顔をして俺の手をそっと握った。

きっと、みっともねぇリトルシンジの存在を見抜いたんだろうな。小さな子どもには、大人には見えないものが見えているのだ。でも今回ばかりは見逃してほしかったかも。恥ずかしいから。

「慎治、よかったね。これで安心だね」

そんなやりとりをしている横で、結愛が俺から顔をそむけて小さく震えていた。

笑わなくてもいいだろ……。

「よし、じゃあ俺たちで捜すか！」

気合を入れ直すべく、俺は自らを奮い立たせようとする。

女の子の親か、俺が望むかっこいい俺か、探しものは定《さだ》かではなくなっていたけれど。

「……ていうか結愛、泣くほど笑えたのか？」

立ち上がった結愛は、目の端に涙の粒を浮かべていた。おまけに目がちょっと赤い。

「えっ？　ああ、そうそう、ちょっとね、面白かったから！」

ひでぇなぁ、と思いながらも、まあ笑われるのも無理ないことだから、言い返す気はなかったけどな。

★

女の子を中心として、俺と結愛が左右に分かれて女の子と手を繋《つな》いで歩く。

ただ、あまりうろちょろと歩きまわれば、きっと捜しているであろう親を見つけることは難しくなってしまう。

女の子は、『あき』と名乗ってくれたのだが、口数が少ない子らしく、多くを語らなかった。

「一旦向こうに行ってみない？」

結愛が、境内の先にある、本殿を指差す。賽銭《さいせん》箱に向かうちょっとした階段の周りには、ちらほらとしか人がいなかった。人混みの中を練り歩くことに疲れて休憩中といったところか。

「そうだな。階段があるから、ちょっと高いところから見渡せるし、そっちの方が見つけやすいかもな」

　境内より高い位置にいれば、あきちゃんの親もこちらを見つけやすいだろうし。

　本殿の前まで移動すると、人の群れを逃れられたせいか、吸い込んだ空気は夏場だというのにやたらと爽やかに感じた。

　それにしても、高いところから見下ろすと本当に人がゴミのようだ。

「あきちゃん、ドロップいる？」

「いる」

　頷《うなず》いたあきちゃんは、結愛からもらった綺麗《きれい》な桃色のドロップを口に放り込んだ。

　俺が悪役みたいなことを考えている横で、なんとも微笑《ほほえ》ましい光景が繰り広げられていて、俺はゴミのようだ、と思ってしまった。

「あ、そうだ」

　ドロップ缶を振ってまたもハッカを当てた結愛が渋い顔をしながら、実に自然な所作で俺に押し付けてくる。

「なんだ？」

　別にハッカは嫌いではないから、もらうけどさ。

「あきちゃんを慎治が肩車したら、もっと見つけやすくならない？　私がやってもいいけど、慎治の方が背高いし」

「……別にいいけどさ。あきちゃんとの合意がないことには」

小さな女の子とはいえ、女子だし、浴衣だし。身内の紡希とかならともかく、見ず知らずの他人の子は……いや、意識する方がマズいのか、こういうのは。

俺は、ドロップを口の中でころころしていたあきちゃんに視線を向ける。

「いいよ」

答えると同時に、あきちゃんはバンザイのポーズをした。

言質《げんち》を取った俺は、あきちゃんの前で屈《かが》む。人間であることを意識せず、空を飛ぶドラゴンな気分でいることにしよう。女の子を背に乗せるドラゴン……これならセクハラ気分になることはあるまい。なんちゃらよりはやーい、とか言わないでくれよな。

ゆあちゃんよりかるーい、とちょっとした意趣返しをしながら、あきちゃんを肩車して持ち上げる。

「どうだ？　お父さんかお母さんっぽい人は見えたか？」

俺があきちゃんに向かって訊《たず》ねると同時に、「あっ……」と結愛が何かに気づいたような声を出した。

何かと思ったその時、俺の脚に衝撃が走った。

突如飛び込んできた人影に、俺はローキックを食《く》らってしまったのだ。

視線を下げると、小学校高学年くらいの生意気そうなキッズが俺に敵意満載な視線を向けていた。

最近の警官は小学生男子に化けるのか……？　と混乱した頭で考えていると。

「返せ！　あきを返せ！」

キッズの発言から、俺は察した。

「お兄ちゃん！」

あきちゃんが言った。思った通りだ。

俺は、あきちゃんを肩車したまま、無礼なローキックキッズに向かって、優しく諭そうとする。

「俺はお前の妹を保護した善良な人間だ。恩人の俺に怒りをぶつける前に、その大事な妹とやらがわんわん泣くまで放置した至らないお前自身にまず怒れ……」

「子ども相手になんでガチになってんのよー」

結愛にさりげない肘鉄を食らってしまう。

俺は間違ったことを言っていないはずなのだが、どうやら間違ったことをしてしまったようだ。

あきちゃんを落とさないようにそっと屈み込むと、俺から降りたあきちゃんは兄の下へと向かった。

再会した二人は嬉《うれ》しさのあまり抱き合う……ほどエモーショナルが迸《ほとばし》るような喜び方をしなかったけれど、しっかり手を繋いでいた。

「もう手をはなすんじゃないぞ」

男の子は怒るのかと思ったのだが、どうやらその意図はなさそうで安心した。

「ゆうかいはんめー！」

だからって俺に怒りをぶつけようとするな。『てめぇは誰に怒ってる？』って猪木《いのき》問答されたら迷いなく俺だと答えそうだな。おめぇはそれで……よくないんだよなぁ、俺が悪くないことを知ってもらわなければ。

「あきちゃん、そこの通りでずっと泣いてたんだよ。はぐれちゃったみたいだから、私と慎治で一緒に捜してたの」

俺の代わりに結愛が言った。

「そうだったのか……どっか行っちゃったのかと思って、おれ、ちがうとこ捜してたんだ……」

男の子はバツが悪そうにした。結愛に対しては殊勝な態度なの、なんで？

　どうやら、男の子は妹を、はぐれた場所ではなく、離れた場所で懸命に捜していたらしい。

「お父さんかお母さんは一緒じゃないの？」

「二人とも、今日はいそがしいからって……」

　結愛の問いに、男の子が答える。

「前から約束してたのに、仕事があるからって……急に行けないことになったんだ。だから、あきを連れて自分たちで行くって言って、ここまで来たんだ」

　働く大人には、夏休みなんてほぼ存在しないらしいからな。仕事が急に入る可能性もあるし、前々から予定していた約束を守れなくなることだってある。

「そーんなに仕事がだいじかよ！　いっつも会社ばかり行って！」

　男の子はぷんすかとした。自分たちより仕事を優先されたようで腹が立つのだろう。

　だが、子どもには大人の理屈なんてわかるわけないよな。

　楽しい夏休みのシメのイベントとして、大いに楽しみにしていたのだろう。それを裏切られたかたちになれば腹が立つに決まっている。

　男の子の口ぶりから考えて、『毎日のように通っていて、楽しいお祭りよりもそちらを優先させる』ことから、どうも楽しくて会社に行っているという恐ろしい勘違いをしているフシがある。

まだ幼い男の子の中では、会社と学校はイコールで結びつくのだろう。俺みたいなモンは違うけどさ、男の子は活発そうでクラスでも目立つタイプだろうし、学校は遊び場みたいなものに違いない。

「父ちゃんも母ちゃんも、おれたちのことなんてだいじじゃないんだ！」

兄に比べると、妹は気が弱いようで、兄の大きな声のせいかふるふる震え始めていた。

ここぞとばかりに怒りを吐き出しているように見えて、この男の子は親の前では何かと我慢してしまうタイプなのかもしれない、と思った。日頃怒ってストレスを吐き出すことがあったら、あきちゃんも耐性が付いているだろうし、ここまでぷるぷるしないだろうしな。

「そういうわけじゃないと思うぞ」

見かねた俺は、助け舟を出すことにした。

他人の家庭の事情に首を突っ込んでいるヒマはないのだが、仕事と子どもをどう両立させるべきか四苦八苦している親の姿は、親父《おやじ》を通じて俺もよく知っている。

男の子の両親が同じとは限らないけれど……ここまで関わったのだ。男の子の誤解であることを期待して、ちょっとばかり口出しをしたって構わないだろう。

「お前もそうだし、あきちゃんもそうだが、その浴衣《ゆかた》は誰に着せてもらったんだ？」

「これは……」

男の子は、自分の格好を確認するように視線を下げる。

あきちゃんも浴衣姿だったし、兄貴であるこの男の子も市松模様の浴衣を着ていた。

「お父さんかお母さんか、ともかく仕事があるって理由で祭りの予定をキャンセルした親に着せてもらったものだろ？　見たところ、自分じゃ上手《うま》く着られないみたいだしな」

はぐれたとはいえ、ずっとその場に立っていたあきちゃんと違い、あきちゃんを捜すために動き回っていた男の子は、だいぶ着崩れた感じになっていた。寝起きの浴衣姿みたいにはだけているにも拘《かか》わらず、直そうともしない。

着物の着付けと比べればずっと簡単だろうが、浴衣を着慣れていない小学生では自分で上手く着るのは難しいはず。

あきちゃんの姿を見る限り、祭りに来るまでは着崩れしていなかったのだろうし、ちゃんと浴衣の左側が上になっている。帯紐《おびひも》も、体の前でリボン結びになっているし、男の子の方は体の後ろに結び目が来ていた。

これは浴衣の着方をわかっている大人の手によるものに違いない。

「……そうだよ。母ちゃんにやってもらった」

男の子は白状した。

母親か……。

俺は、母親に浴衣の着付けなんてしてもらった記憶はない。

だが、こんなところで落ち込んでいるわけにはいかない。突破口も開けたわけだしな。

少なくとも、男の子の母親は、ちゃんと子どものことを考えている人なのだろう。俺の母親がひたすら自分のことしか考えていないからといって、他人の家の母親まで同じとは限らない。

「お前の母親は、自分たちが行けなくても楽しんでほしいから、浴衣まで着せて送り出したんじゃないのか？」

「………………」

男の子は、不意を突かれたような顔で、黙って俺を見ている。

「お前らの両親は、嘘《うそ》つきでも、お前らを嫌ってるわけでもなく、仕方なく仕事に行っただけで、本当は一緒に祭りに行きたかったんだろう」

知ったような口をきく俺だった。

もちろん、この兄妹《きょうだい》とは今日初めて出会ったわけで、どんな家庭環境かなんて知る由もない。たんに、俺がイメージするところの世間的な「母親」を想像して、きっとこうするんじゃないか、と思っただけだ。

不思議なことに、俺がイメージした母親像は、篠宮恵歌がよく演じる役に似ていた。

実際のあいつは、その対極の存在だというのに。

男の子は反論せず、不服そうにもしていなかった。

俺が指摘した通りの優しい母親だったのだろう。

安堵《あんど》と羨望《せんぼう》の複雑な感情が押し寄せてくるのだが、今は闇堕《お》ちしている場合ではない。

男の子は、あきちゃんの手を握っている方とは逆の手をぷるぷるさせた。

マズい。論破するつもりじゃなかったんだが……。あと泣かれると厄介だ。小さな子は大泣きという手段で攻撃してくることがあるから。

「そうだよ、お父さんも、お母さんも、いっしょに来たかったんだよ」

俺に同意してくれたのは、それまでぷるぷるしていたはずのあきちゃんだった。

「お父さんもお母さんも、あんなにごめんねって言ってた……」

あきちゃんは、兄貴と違って両親に寛大な姿勢を見せた。小学生は女子の方が大人びるのが早いからな。

「なのに、お兄ちゃんだけずっとプンプンしてて」

あきちゃんは、兄に対して責めるような視線を向ける。

「……お前、父ちゃんと母ちゃんと一緒に来れなくてイヤじゃないのかよ？」

男の子はあきちゃんの迫力に押されながらも、妹に問いかける。

「イヤじゃないよ。だって……」

あきちゃんは、兄と向かい合う。

「お兄ちゃんといっしょだから」

照れることなくストレートに言い放った大天使と化したあきちゃんは、なんとも無邪気に微笑《ほほえ》みながら男の子の両手を握る。

これにはシスコンをこじらせた俺も傍観勢になって『尊い……』を連呼しそうになったけれどキモいからやめた。尊い兄妹の後ろでニヤつく陰キャの絵面は犯罪級だと思ったから……。

「き、きもちわるいこと言うなよな！」

なんて罰当たりなキッズなのだろう……と苛立《いらだ》ちを感じるのだが、あきちゃんの手を振りほどこうとはしなかった。

「ほら、浴衣ちゃんと直しとかないと。かわいい妹の前ではかっこいいところ見せとかないとね」

男の子の前で屈み込んだ結愛は、丁寧な手付きで、はだけていた浴衣を綺麗《きれい》に直した。

「…………」

浴衣はきっちり直ったというのに、男の子は顔面を紅潮させていた。

あーあ、これ性癖を歪《ゆが》めた可能性があるぞ。浴衣ギャルにはだけた浴衣を直してもらうことに快感を覚えるなんてニッチすぎておすすめできないんだけどな。

「これあげる」

結愛はまたしても、ドロップを男の子に分け与えた。

すっかりドロップお姉さんだな。

「お兄ちゃんと仲良くね」

あきちゃんにも、二個目のドロップを与えた。

「慎治も」

「ハッカが出てきた時点で、俺の役目が来ることはわかってたさ」

ハッカ処理係として定着してしまった俺は、三個目のハッカを口に放り込む。

無事、迷子のあきちゃん問題を解決した俺たちは、兄妹の安全を考慮して、花火を観《み》るために同行する提案をしたのだが、『あきが眠そうだし、花火ならうちからでも見れるから。……あと父ちゃんも母ちゃんもそろそろ帰ってくるし』という理由で、家に帰っていった。

結愛は、二人の後ろ姿が神社から消えるまで、ずっと見守っていた。

気づくと、境内の人口密度が減っている。

そろそろ花火が上がる時刻だから、河川敷《かせんじき》の方へ移動を始めているのだろう。

「慎治さぁ」

静かになったことで声が響きやすくなる中、結愛が口を開いた。

ひょっとしてマズいことでもしただろうか、男の子に対して強気に出てしまった大人気ないところを咎《とが》められるのでは？　と俺は心配になる。

「やっぱり、慎治は恵まれてるよね」

「……なんでだ？」

結愛の様子がおかしかった。

兄妹を無事に再会させた直後なのに、あまりに雰囲気が暗すぎる。

「私さ、慎治みたいに思えなかった。私と同じで、あの兄妹の親も仕事のことしか頭にないんだろうなって思っちゃったから」

どうやら、別の地雷を踏んでしまったようだ。

結果的に、まるで俺が子に対する親の善意を信じているような感じになってしまったが、俺だって、結愛と同じようなことを考えてはいた。

それでも、兄妹の親が、あの兄妹のことを大事に思っているのだと信じられたのは、俺には親父がいたからだ。

おかげで俺は世間一般の善良な親のイメージを信じることができたわけで、結愛からすればそこに自分とは違うものを感じて悲しくなってしまうのも無理のないことだ。

「しょうがないだろ、それは……結愛が落ち込むようなことは何もないだろ」

俺が兄妹と話している時、結愛がずっと無言だったのは、自分の境遇を重ねて落ち込んでいたからなのかもしれない。

「実はさぁ、うちって元々、それなりに上手く行ってる時があったんだよね。……家族が四人だった時のことなんだけど」

結愛がそう切り出してきた時、俺は一気に背筋が伸びて、身構えてしまった。

どう切り出すべきか、機を窺《うかが》っていたことを、まさか結愛の方から切り出してくるとは。

「私に兄さんがいた時のこと、聞いてくれる？」

「もちろんだ」

断るはずがなかった。

轟音《ごうおん》が響くと同時に、黒い空がパッと明るくなった。

花火が打ち上げられる時刻になったのだ。

「花火始まっちゃったね」

空を見上げながら、結愛が言った。

「河川敷歩きながらでもいい？」

「ああ、そうしよう」

人気《ひとけ》がなくなり始めた寂しげな境内で、向かい合ってじっくり聞いていたら、俺まで泣き出したくてたまらない気分になりそうだ。

せっかく結愛の方から話してくれるようになったのだ。最後まで結愛の話を聞き通さないといけない。感情に飲まれて脱落なんてことはしたくない。

俺と結愛は、花火が広がる空を見上げながらゆっくりと境内を離れていく来客と一緒に、河川敷へ向かうのだった。

◆7【ここにいてくれてよかった】

河川敷の水面《みなも》が、空で散る花火を鏡のように映す中、俺たちは川の流れに沿うように歩いていた。

普段は、サイクリングコースやジョギングコースとして使われているこの道路も、今では花火を見るためにやってきた人であふれた歩行者天国状態になっている。

予定では、このあたりで桜咲軍と合流する予定だったのだが、ついさっき着信したメッセージによると、中学生組が調子に乗って屋台のメシを食いすぎたせいで動けなくなってしまい、しばらく休ませないと合流できなくなったそうだ。

『あとちょうど朝日プロレスワールドで名雲の試合やるから、花火よりそっち観たい』

それは桜咲なりの気遣いなのかもしれないが……いや、桜咲の本音だろうな。

いずれにせよ、結愛と一騎打ちの機会をくれたことはありがたい。

みんながいると、かえって結愛が話せなくなりそうだから。

「私、あきちゃんと違って、うちの兄さんのことは苦手で、あんまり懐《なつ》いてなかったんだよね」

結愛はそう切り出した。

「めっちゃ優等生で、なんでもできて。私ができないようなことでも全部できたから」

「そしてイケメンなわけだ」

「そうそう。私が言うのもヘンだけどね」

コミュ力の低い俺が、あえて茶化して結愛が話しやすい雰囲気をつくろうとするのはギャンブルだったけれど、今回ばかりは上手《うま》くいったみたいだ。結愛は少しだけだけど、表情を和らげてくれた。

「そういう人が、一番最初に生まれた子で、長男ってかたちでいると、親の期待は全部そっちに行っちゃうわけ。うちの親は親で、いいとこで育って地位もあるから、兄さんを跡継ぎにしようとして、めっちゃ重い期待をかけてたんだけど、全然潰れないで期待に応えまくってたんだよね」

「超人だな」

「その分私はのびのび生きてたから、こんな感じになっちゃったけど」

自嘲的な笑みを見せる結愛だが、俺としては、今の結愛でよかったと思えた。

それにしても、結愛は俺が想像するよりずっとブルジョアな家の出だったらしい。もし、結愛が親と不仲ではなく、実家を飛び出していなかったら、そこそこの公立校でしかないうちの学校に来ることもなかったのかもしれない。

「そんな兄だから、仕事ばっかの両親も兄さんの言うことだけは聞こうとしてた。全部が全部じゃないけどね。でも、家族で集まってなにかするってことをしたい時、兄さんが頼み込んだら、嫌々だったけど、そういう場をつくってくれた」

そこから結愛の表情は、また硬くなってしまった。

「今考えると、助けられてたとこもいっぱいあるんだけど、あの時は羨んでばっかだった。

兄さんがなんでも全部持っていっちゃってる気がしたから」

親の愛も、才能も、ってところか。俺からすれば結愛だって、十分すぎるほどハイスペックなんだけどな。身近に超人がいたせいで、自分の正当な価値を評価できなくなっているのだろう。

「そういえば、ピアノを始めたキッカケもそこにあるって、前に言ってたよな？」

俺は言った。

空では相変わらず、花火が輝くと同時に轟音が鳴っている。

「うん。兄さんにもダメなところがあって、歌がめっちゃオンチだったんだよね。合唱でも兄さんだけヒドいってわかるレベルでヤバくてさー」

「合唱なら、歌わないって手も取れそうだけどな」

オンチの解決にはならないが。

「そういうのできないのが兄さんなんだよ。真面目だから。で、たまたま家にあったおもちゃのピアノを、兄さんの前で見せびらかすように弾いたの。その時って、まだピアノ習う前だったから、私だってロクに弾けないのに、ただ鍵盤叩《たた》いてるだけの私を見て、兄さんがやたら褒めてくれたんだよね」

周囲の人々は、花火の素直な感想を口にしたり、雑談に花を咲かせたりしている。きっと周りから見れば、俺たちも気楽な話をしているとしか思われていないのだろう。

「……そうなんだよねー、兄さんっていつも褒めてくれたの。私には優しかったかなー。『兄さんだけズル〜い！』なんて感じでケンカ仕掛けるのはいつも私の方からで。どうでもいいことで突っかかって……」

「それで結愛は、その後トロフィーとか賞状もらいまくるくらい上達したんだよな？」

「おかげさまでね」

結愛は言った。

「珍しく両親もわざわざ高いピアノ買ってくれて、ちょっと飽きたからってスパッとやめられなくなっちゃったし。あの時はちょっと私にも期待してたのかな。私がそういうコンクールに出る時だけは、家族みんなで観に来てくれた。私の力だけで家族を揃《そろ》えられるんだって思って嬉《うれ》しかったんだよね。頑張ってピアノの練習してたのは、だからかも。家族を私の前に大集合させたかっただけ——痛っ」

「どうした？」

小さく叫んだ結愛の視線をたどると、足元に向かっていた。

下駄《げた》の鼻緒が切れている。

そのせいで制御を失った足の指先が、下駄の底より先に地面に着き、アスファルトに擦れて痛みを感じたようだ。

「マジか～。慣れないもの履いちゃったからかなぁ。サンダルならいつも履いてるし余裕かなって思ってたんだけど……」

片足立ちになった結愛が、壊れた下駄を憎々しげに見つめる。

サンダルと違って、下駄なんてたまにしか履かないから、状態のチェックを怠ったのだろう。

「クッソ。軟弱で使えない下駄……私みたいじゃん」

「やめろ。陰キャは俺だけでいい。俺から個性を奪うんじゃない」

俺は結愛の前に立つと、その場に屈《かが》み込んだ。

「どうしたの？」

「いや……おぶおうかと思って」

真剣に不思議そうにされると恥ずかしいな……。

「それじゃ、まともに歩けないだろ？　……いいから早く乗ってくれ」

「腕、平気？　治ったばっかかでしょ？」

「気にするな。たまには俺もカッコつけたいんだよ」

「今日の慎治はなんか頼もしいね」

「リアル慎治くんと脳内慎治くんが入れ替わったのかもしれんな。リアル慎治くんはこの際消滅してもらうとするか」

「私、どっちの慎治も好きだけどなぁ」

相変わらず俺を甘やかそうとする結愛は、俺の背中に乗り、腕を首元に回してくる。

「慎治絶対気にするから最初に言っとくけど、お尻触っちゃっていいよ？　しょうがないもんね」

「……ありがてぇ。ちょうど許可取ろうと思ってたんだ」

もちろん、手で尻を支えるつもりは元からないのだが、上手くバランスを取ろうとした時に当たってしまう恐れがあるからな。

結愛を背に乗せて立ち上がると、思ったより重く感じないことに気づいた。

これでも地味にトレーニングは続けているわけで、自分でも知らないうちに力がついているのかもしれない。

そうして俺は、目的地である、花火を最も綺麗《きれい》に見られると評判の高台を目指す。

「……私、一回だけ、兄さんと一緒にお祭り行ったことがあるんだよね。あきちゃんたちみたいに、親がドタキャンしたからって理由で、二人だけで。あの時も、ちょうどこんな風にドンドンバンバン花火が上がってた」

結愛の鼻先が、俺の首筋に触れるのがわかった。

「私は小さかったから、夜まで起きてられなくて、途中で眠くなっちゃって、兄さんにおぶわれて帰った覚えがあるの。……なんか、その時のこと思い出した」

「じゃあ結愛にとっては目の上のたんこぶでも、兄貴は結愛に優しくて、いい兄妹《きょうだい》だったってことか」

そんな兄を亡《な》くしたのだ。結愛からすれば、喪失感はとてつもなく大きいはずだ。おそらく、結愛の両親だって……。

「それがそうでもないんだよね。……って言っても、兄さんは悪くなくて、私のせいなんだけど」

結愛の腕に力が入り、俺の胸元を引き寄せるように抱え込んだ。

「すぐ身近に、すごいできる人がいると、どうしても気にしちゃうから。兄さんが何かしてくれるたびにイライラしてた。小さい時はそうでもなかったんだけど、小学校の高学年くらいになった頃から、どんどんひどくなって、なんか上手く行かなくなっちゃったんだよね。ちっちゃい時の『兄さんばっかりズル～い！』って可愛《かわい》い感じじゃなくて、もっとドロドロした、コンプレックスっていうのかな？　そういうのが大きくなっちゃってた。そういう自分を見るのがイヤで、だんだん兄さんと関わろうとしなくなっていったわけ」

幼い時と違って、より複雑な思考ができる思春期に突入したことで、嫉妬の度合いもより複雑に、より深くなってしまったのだろう。それが自分自身への苛立《いらだ》ちにも繋《つな》がっていたのかもしれない。

「だから、中一の頃かな。兄さんに当たり散らしちゃったんだよね。兄さんは別に何もしてないのに。ホントになんでもないことで、めっちゃ怒っちゃった。今までイライラを溜《た》めてた分が、その日に全部ドバッと出ちゃった感じ」

結愛の声が、湿り始めた気がした。

「でも、私にも甘えがあってさー、兄さんのことだからどうせ怒らないし、引きずらないで仲直りもできるかもって思ってたの。鬱陶しい兄さんはどうせ、今日も明日も来年もうちにいるんだし、って。その日は学校があったんだけど、休み時間に兄さんからMINE来ててさ。謝らなくていいのに謝ってきて」

結愛の言葉尻から、俺は嫌な予感がしていた。

「兄さんが交通事故に遭ったのは、ちょうどその日だったの。学校からの帰りで……」

最悪のタイミングに思えた。

「重傷の兄さんの手には、ケーキの箱があったの。私、その店のケーキのこと好きだって、兄さんに一度も言ったことなかったんだけどね。でも、兄さんはちゃんと私のこと知ってて、突っかかってばっかでムカつくはずの妹のことでも、よく見てたんだなって思った。……轢《ひ》かれた時も、その箱を大事に抱えてたんだって。さっさと手放しちゃえば、もしかしたら助かってたかもしれないのに……」

俺の背中が、じわりと熱くなった。真夏の夜を涼しく感じるくらい、熱が広がっていく。

「それで、兄さんとの付き合いはお終《しま》い。まだずっと続くと思ってたのに、パタッと消えちゃった」

「そっか……辛《つら》いな……」

俺は、語彙力を失っていて、上手《うま》く返せなかった。

紡希が彩夏《あやか》さんを亡くしたばかりの頃も、俺は紡希に通り一遍の慰めの言葉しかかけてやれなかった。

俺はあの頃から……何も成長していないのかもしれない。

「慎治に兄さんのことずっと言えなかったのは、慎治と紡希ちゃんが羨ましいからっていうのもあって。二人と違って、こっちはもう絶対仲直り無理な兄妹だから。兄さんのことを口にしたら、私はどうやったって意識しちゃうし、それで慎治に変な八つ当たりしちゃうのがイヤだったんだよね」

八つ当たりをする結愛なんて想像できないけれど、それは感情的にならないという意味ではなく、そうならないように耐えてきたというだけの話なのだろう。その辺のことを察することができないあたり、落ち度は俺にある。俺がもっと頼りがいがあるヤツだったら、結愛をこんな気持ちにさせることはなかったはずだ。

「兄さんがいなくなって初めて気づいたんだけど、うちを高良井《たからい》家として繋ぎ止めていられたのは、兄さんのおかげだったんだよね。私が知らないところで、兄さんがちゃんと家族として成立させてて、私はそれが当たり前でしょって感じで甘えてただけだから」

もはや泣くどころのレベルではないというのに、それでも結愛は話を続けようとする。ここで止めたら、もう二度と話すことはできないから、と言わんばかりで、鬼気迫るものすら感じた。

「兄さんが死んでから、ピアノに触る気もなくなっちゃった。もう意味ないから。兄さんもいないし……両親も私のために集まってくれることはなかったしね。やっぱり、二人がコンクールに来てくれたのは、兄さんが声かけたおかげだったんだなぁって思った。最後のコンクールの時にそれを知って、意味のないトロフィー投げつけて、それで終わり。私の力だけじゃ、どうにもできなかったんだ」

結愛の家に一つだけ壊れたトロフィーがあったのは、その時の傷だったのだろう。

結愛の話を聞いたあとでは、栄光の証《あかし》のような輝かしい賞状やトロフィーが、後悔の墓標のように思えてしまう。

「……あの日、兄さんじゃなくて、代わりに私だったら……うちの家族はみんな幸せだったんじゃないかって……そう思うことがあるの」

耳元で響く、震える結愛の声を聞いて、立っていられなくなりそうだった。

結愛と紡希と一緒に、篠宮恵歌の主演映画を観に行った時のことを思い出す。

あの日、映画の内容について不満がある紡希に対して、結愛は珍しく厳しかったけれど、あれは紡希ではなく、映画に自分を重ね合わせてしまっていた自分自身へ向けた言葉だったのだろう。

劇中で、篠宮恵歌の亡くなったはずの妹が自分と入れ替わって、妹の方がずっと幸せそうな家庭を築いているのを目の当《まあ》たりにした時のように。

結愛も、自分ではなく兄が生きていた方が、高良井家は幸せでいられたと感じていたのだ。

「あの時、非常階段のトコにいた慎治が、紡希ちゃんのことで悩んでるって聞いて、どうにかしてあげたいって思ったのは、その時の後悔があるからなんだよね」

俺は紡希のことで相談したのをキッカケに、それまでクラスメートなのにまったく交流がなかった結愛と深く関わるようになった。

あの日、俺から紡希の事情を聞いた結愛は、俺もびっくりするくらいぽろぽろと泣き始めた。

俺の話を聞いてあそこまで感情的になったのは、上手く仲良くなれなかった俺と紡希に過去の自分を重ねたからだったのだろう。

「……私じゃ兄さんみたいにうちの家族のことをどうすることもできないから、せめて他の家族のことならって。そうやって、私だって必要な人間なんだって思いたかったわけ」

結愛には、単なる善意だけではなく自分なりの目的があって、俺と紡希に関わるようになった。

そんな結愛には、感謝の気持ちしかない。

結愛にどんな理由があろうとも、結愛のおかげで、俺は今も紡希と上手くやっていけているのだから。

俺だって、いつまでも話せないままでいるわけにはいかない。

せっかく話してくれた結愛に、報いなければいけないから。

目と鼻の奥が、ツンと痛い。

目元に水分がこみ上げてくる感触がある。

口を開けば、耐えていたものが決壊しそうだ。

結愛を背負った重みに潰されそうになっていようと、ひょっとしたら結愛以上に涙をこぼしていようと、俺には言わないといけないことがあるのだ。

「……結愛がいてくれて、よかったよ」

結愛に一発でバレるな、と思えるくらいの涙声が出てきてしまった。

「結愛がいなかったら、俺は紡希や、みんなとこうして祭りに来ることもなかったんだから……」

結愛と関わることがなかった、もしもの世界を想像してしまう。

母親を亡くして名雲家に来た紡希をどう扱っていいかわからないまま、仲良くなるキッカケも見つけられないで焦《あせ》った俺は、無神経なことを言って、紡希を怒らせて、居心地の悪い空間をつくってしまい、その後いくらでも悪い方に転がりそうな荒《すさ》んだ気持ちにさせてしまっていたかもしれない。

結愛が間に入ってくれたおかげで、関わるようになった人は、紡希以外にもいる。

俺と仲が悪い並行世界の紡希は、百花ちゃんを俺に紹介することもなかっただろう。紡希の愉快な一面を見ることもなく、学校生活を想像することすらできなかったはずだ。

桜咲だってそうだ。結愛キッカケでなければ、ただの陰キャの俺と話をすることもなかった。俺は桜咲のようなプロレスオタクではないはずだけれど、一緒にプロレストークをしている時は、気の合う同志を見つけられたような気になった。熱心に親父《おやじ》を推してくれることだって、厄介に思いつつも、改めて親父のことを誇らしく思えるキッカケをくれた。

紡希と仲が悪ければ、苛立ちのあまり、上手くやっていたはずの親父ともどうなっていたかわからないし、篠宮恵歌のことだって……冷静に見つめられないまま、あいつが何かしらのかたちで俺の前に現れるたびに傷ついていたに決まっている。

想像しただけで死にたくなる、本当に恐ろしい、もしもの世界だ。

もしかしたら、そちらの方が現実で、目を開けたら俺の周りには誰もいないのではと想像してしまうのだけれど、背中に感じる温かみは確かなもので、安心してしまう。結愛を安心させないといけないっていうのに。俺が安心してどうする。

「結愛がいなかったら、俺には何もなかったよ」

勉強を頑張り続けていた誇りすら、薄っぺらく感じるほど何もない。

結愛や紡希や、周りの人間がいてくれるからこそ、勉強のことだって誇らしく感じられるのだ。

「俺がここにいられるのは、結愛のおかげだ」

花火が打ち上げられる音が、再び耳に入り始める。

「紡希だって、桜咲さんだって、百花ちゃんだって……そして俺だって、結愛のことが好きだよ。結愛は兄貴に敵《かな》わないみたいに言うけど、結愛だって、俺からすれば凄《すご》いヤツだ。いなくなったらみんなが悲しむし、誰も幸せになんかなれない」

どうにか力を振り絞って河川敷《かせんじき》を歩き続けると、高台が見えてきた。

この夏祭りの花火が一番綺麗《きれい》に見えるとされているスポットだ。

花火は未《いま》だに打ち上げられ続けていて、夜だというのに明るいくらいで、こんなに綺麗で楽しい場所で悲しい気持ちになるのは嫌だった。

結愛はずっと黙っていたけれど、さっきからえぐえぐえずいているし、俺から何か言うたびに、ぬえーと泣いているから……俺の言葉も、響いてはいるのだろう。少なくとも、結愛に何かしらの反応を与えてはいるのだ。

「思い出と戦っても勝てねぇんだよ、そんな無茶な勝負じゃなくて、こっちに目を向けろよ」

結愛には、今を見ていてほしかった。

結愛が、苦しみや後悔を抱えながらも築き上げてきたものは、今にしかないから。

俺は、結愛を一旦その場に下ろし、預かっていたドロップ缶をポケットから取り出す。

「……ほら、ドロップ舐《な》めて落ち着け」

「……じゃあ慎治も舐めないとじゃん」

「……そうだな」

「……まただ」

涙で顔がぐしゅぐしゅの結愛の手のひらにコロンと出てきたのは、またもや真っ白な色合いのハッカのドロップだった。

「これ、兄さんがやたら好きだったんだよね。頭スッキリするからって……マジで変わってるって思った」

結愛は、いつものように俺にパスするかと思ったのだが、しばらく手のひらを見つめると、ハッカのドロップを口に放り込んだ。

「めっちゃスースーする……」

「でも……頭スッキリするだろ？」

俺も、緑色のドロップを結愛と同じように口に放り込む。

「スッキリした頭で、ちゃんと今、ここに、現実としているんだって思わないとダメだぞ」

「……慎治が涙と鼻水でめっちゃぶさいくだから現実と思いたくない」

「悪いがそれは結愛も同じだから……」

「そうかも」

結愛は、苦手なはずのドロップをころころ舐めながら、笑みを見せてくれた。

憑《つ》き物《もの》が落ちたような、晴れやかな笑みに見える。

「私が慎治と紡希ちゃんのことどうにかしてあげなきゃって思わなかったら、慎治のそんな顔も見られなかったね。私のことで、そんなぐしゃぐしゃになってくれたんだもん」

「フライに殴られまくったあとの高山みたいだよな」

「誰と誰？」

「究極に今しか考えてない二人」

「そっか」

結愛はよくわかっていないようだったけれど、俺の意図は汲《く》んでくれたようだ。

「ほら、高台はもうすぐそこだし、うかうかしてると花火終わっちゃうぞ」

「だねー。あっ、瑠海からＭＩＮＥ来た。もう先に着いて待ってるってさ」

「じゃあ、花火より賑《にぎ》やかでうるさい連中のとこに行くか」

俺は、再び結愛を背負うべく、屈《かが》み込む。

結愛の感触が、しっかりと俺に加わった。

俺は、この重みの尊さを決して忘れないと誓いながら、高台へ繋《つな》がる階段を上るのだった。

■エピローグ

　とうとう夏休みは、今日で終わりだ。

　夏休み最後の夜、名雲《なぐも》家の庭は賑やかだった。

　我が家の庭は、広い。

　おかげで俺は、クラスメートに義妹にその友達というメンバーで、バーベキューという陽キャの真似事《まねごと》ができた。

　俺はまったくアウトドア向きではないのだが、親父が、若い頃の海外武者修行時代にアメリカで生活していた影響で、大人数用の立派なバーベキューセットが我が家にあった。

「あんまり騒ぎすぎるなよ」

　俺は、賑やかな面々に注意を促す。ここは、バーベキューパーティーでコミュニケーションを取る文化があるアメリカじゃないからな。お隣さんへの配慮が必要だ。事前にご挨拶してある（結愛《ゆあ》も一緒だったからか返事は快いものだった）とはいえ、許可してくれた厚意に背いて迷惑をかけてはならない。

　バーベキューグリルと向かい合う俺は、紙皿を手にして思い思いに食いまくる紡希《つむぎ》や百《もも》花《か》ちゃんや桜咲《おうさき》がいる横で、コス○コで購入し、下ごしらえを済ませた食材に焼串を突き刺して焼くという係に徹していた。

これでも一応、客を招いた側である主催だ。ゲストは丁重にもてなさないとな。ようやく左手も本調子に戻ってきたし。今は両手を使える喜びに浸りたい。

それに、別にグリルと向き合うだけの孤独な戦いをしているわけではないし。

「慎治《しんじ》、代わろっか？」

肉をむぐむぐしながら、結愛が寄ってくる。

俺が返事をする前から、結愛は肉や野菜を串に突き刺し始めた。

仕方ない。結愛がやってくれると言うのなら、お言葉に甘えるとするか。

「明日から学校始まっちゃうねー」

グリルの上でじゅうじゅうと焼ける串を見つめながら、結愛が言う。

「慎治のとこにいられるのも今日が最後かー」

結愛が、ぼんやりと空を見つめる。

昨日は曇っていて見えなかったのだが、今日は雲一つなく、代わりに星がたくさん浮かんでいた。

今年の夏は、晴れの日が多かったな。

「別に、明日からもずっとうちにいたっていいんだぞ？」

そんな提案をするのだが、結愛の答えは想像がついていた。

「ありがと。慎治がそう言ってくれるだけで、頑張れるよ」

やはり結愛は、生活の拠点を変えるつもりはないらしい。

けれど、意固地になるあまり身を滅ぼしそうな危うさはなかった。

「でも、辛《つら》くなったら、すぐに慎治んトコに駆け込んじゃうから」

「ああ、いつでも来い」

結愛は、変に抱え込もうとしなくなった。

これまでは、兄のことで自分を責める気持ちがあって、それが意固地なところへ繋がっていたのだろうけれど、今は自罰的なところは見当たらない。結愛の両親のことだって、いずれは対峙《たいじ》しないといけない課題なのだが……今は、兄との「和解」が済んだだけで十分だろう。兄の代わりに自分が死んでいれば、という悲しいもしもの世界を想像することは、もうないはずだ。

自分は必要ない、と思い込まなくなったことで、結愛は両親とこれまでとは違った向き合い方ができて、家族仲が改善されるはず……とまで考えてしまうのは、いくらなんでも楽観的すぎるか。

けれど結愛なら、そんな奇跡だって起こせる気がした。

だって、元々自分とは何の関係もなかったはずの名雲家の家族仲を見事改善してしまったわけだからな。実の家族が相手だから無理、ということもあるまい。

「慎治兄さん」

串を片手に、紡希がてこてこ歩いてやってきた。

「どうした？」

「これ、野菜が多すぎるわ。お肉はいっぱいあるのだから、けちけちしないで」

「そんな入れてないだろ」

「バーベキューの主役はお肉でしょ」

紡希は、バーベキューグリルの横にあるテーブルに載った肉の山を、まるで金銀財宝を見るようにして指差す。

「お肉だけの串も……つくるべき」

串を左右にフリフリして、紡希は断固たる決意を込めた表情で提言してくる。

「食い意地張ってんなぁ……夏祭りで調子に乗って食べすぎて恥ずかしい思いしたばかりだろ？」

「楽しかったんだからしょうがないじゃない！」

ぷんすかする紡希だが、俺はそんな言葉を聞いて安心してしまう。

紡希だって、夏祭りのようなイベントには何度も参加しているはずなのだが、ここ最近は、彩夏《あやか》さんのことがあって心から楽しめなかっただろうからな。その反動で、この前の祭りではしゃぎすぎてしまったのだろう。親友の百花ちゃんも一緒だったしな。はしゃぎすぎるくらい楽しめたのなら、それでいい。

「じゃ、次に野菜だけの串つくるから、それ食べ切れたらな」

「そんなの、簡単だわ」

紡希は、胸を張ったと思ったら、くるりと振り返って両手をメガホンにする。

「百花、百花〜！　仕事の時間よ！」

「野菜処理のためだけに百花ちゃんを召喚するなよ……」

「べ、べつに百花を都合よく使おうとしてないし！　食べきったらちゃんと百花にも肉串をあげるつもりだったわ」

紡希が食べないと意味ないんだよなぁ。

「私、野菜好きですから、野菜串でもいいですよー」

百花ちゃんは、紡希の野菜処理係にされようとも嫌な顔一つしない。

「だから百花ちゃんは背が高いんだろうな」

「……食べないとは言ってないわ」

紡希は、ぐぬぬ、とうめきながら、野菜だけの串が焼けるのを待っている。

まあでも、こういう場だし、紡希の言うように肉だけの串があってもいいよな。食欲があるのはいいことだし。

「ほら、肉串もつくっといてやるから」

俺は紡希の前で肉のみの串を何本もつくり、グリルの上に置いておいた。

「……シンにぃはわたしに甘い」

百花ちゃんに聞こえないように、ぽつりとつぶやく紡希。まあ百花ちゃんには、紡希の正体がわかっているから、本当は隠す必要なんてないんだけどな。

「ねー、花火やんないの？　花火～」

食ってばかりの客人こと桜咲が、ふらっと寄ってくる。

「一応買ってあるけど……この前、豪華なのを見たばかりだろ」

「だってあの時は、名雲くんと結愛っちのイチャラブばっかり見せられたようなもんだし？」

大きくため息をつく桜咲は、やれやれ、という顔で串に刺さったカボチャにかぶりつく。

「うるさいな……」

　俺は、顔が熱くなってしまうのだが、きっとグリルの近くにいるせいだろう。恥ずかしいわけじゃないんだからね。

「ま、ほぼすっぴんの結愛っちの安心した顔見てたら、茶化す気もなくなっちゃうんだけど。ほら名雲くん、肉。リ○ラのステーキくらいデカいのちょうだい」

「そんな立派な肉は買ってきてないぞ」

　代わりに俺は、桜咲に野菜串を押し付けるのだった。

★

　バーベキューを終えたあと、簡単な後始末をして、俺たちは花火を始めた。

　近所迷惑になるといけないから、打ち上げや噴射式の派手な花火はナシにしたのだが、手で持つタイプの花火だけでも、みんな楽しんでいるようだ。花火というより、この雰囲気そのものを楽しんでいるのかもしれない。

「見て、百花。こうすれば花火で文字が書けるわ」

「なんて書いたか当てるゲームする？」

「する」

中学生組の二人が、他愛のないゲームを始める。

「ねぇ名雲くん。瑠海《るみ》と結愛っちで向かい合って、こう横にして花火するからさ、その間を通ってきてくれない？」

「ゴールドバーグの入場ごっこは素人《しろうと》には危なすぎて無理だろ……」

「なーんだ。じゃあ萌花《もか》のとこ交ざっちゃお」

桜咲は、中学生組の方へ向かった。

賑《にぎ》やかな光景を静かに眺める俺は、その場に屈《かが》み、大量に余った線香花火に興じることにする。

地味で有名な線香花火だが、俺は孤独で静かで自分と向き合えるように楽しめるこの花火を気に入っていた。

「慎治、どっちが長く保《も》つか競争しない？」

隣には結愛がいることだし、退屈はしない。

「ああ」

線香花火に自信がある俺は、もちろん同意する。

「あ、そうだ。こうしよ、こうしよ」

どちらが先に火の玉が落ちるか、デッドヒートを繰り広げていると、突然結愛が俺の火の玉に自身のをくっつけてきた。

二つの火の玉が結合して、火花が激しくパチパチと鳴る。

「勝負が……」

「いいじゃん、綺麗《きれい》だし」

すると結愛は、器用にも結合を続けたまま、俺の顔を覗《のぞ》き込む。

「それとも慎治、私と一緒にくっついちゃうのはイヤ？」

そういういじられ方をされると何も言えなくなるんだよなぁ。

けれど、俺をいじり慣れたにや～っとした笑みを見ると、もはや安心感すら覚えてしまう。調教されてんよ、これ……。

「こうして二人でいると、初めて非常階段のトコで二人になった時のこと思い出すよね」

線香花火なのにやたら眩《まぶ》しい光を顔に反射させて、結愛が言う。

「慎治がさぁ、めっちゃ冷たくて～」

「そりゃ、いきなり知らない人から話しかけられたら、陰キャならああなるだろ……」

ほぼ勉強ばかりだった頃の俺のコミュ力のなさをナメるなよ。

「まー、初めの頃はそういう反応が面白くてやってたところもあるけどね」

「なんて悪いヤツなんだ」

「妹のことでどうしよーってなってる慎治って、困らせようとしていたずらばっかりしてた頃の私に手を焼く兄さんみたいだったから」

「俺は結愛兄に恨み言を言う資格があるみたいだな」

「でも、慎治は兄さんとは違うよ」

「そりゃ結愛兄みたいに完璧じゃないからなー」

結愛ですら敵《かな》わん相手に俺が勝てるわけないだろ。

「そうじゃないんだよね。あ、慎治。こっち向いて」

ざりっ、と、結愛のつま先が砂の上で動く音がする。

なんだ？　と完全に油断して振り向いた時には遅かった。

結愛の唇が、俺の唇にしっかりくっついていた。

「兄さんへの『好き』と、慎治への『好き』はぜんぜん違うよ」

俺から唇を離した結愛の第一声がそれだった。

こちらから視線を離すことなく、しっかり見据えているものだから、俺の方が恥ずかしくなって地面を見てしまう。

「あっ」

俺と結愛の線香花火は、結合したまま地面に落ちていた。

「……結愛のせいで火の玉が落ちたぞ」

「勝負は引き分けだね」

そうなんだが……なんだか負けた気がするのはどうしてだろう。胸がドキドキ言いすぎて立ち上がれない。

「ていうか慎治、めっちゃタレくさかったんだけど～」

「じゃあするなよなぁ」

あとお互い様だからな。顔がいいからって、肉を食ってもにおわなくなるわけじゃないんだぞ。

「バーベキュー味の慎治の唇とかクセになっちゃいそうだよね」

「ならなくていいよ」

「じゃあバーベキュー味の私の唇はどうだった？」

「そこは感想を求めないでくれ」

結愛はよくても、俺が結愛と同じような感想を言ったらキモいだけだろうが。

「そっか。よくわかんなかったんなら、もう一回しよっか？」

グイグイ来て俺をいじってくるが、俺だって何の学習もしていないわけではないぞ。

「よし、来い」

あえて真正面から受けて立つ……フリをする。

これが最適解だ。結愛は、オフェンスは得意でもディフェンスに難ありなところがあるからな。

俺のカウンター攻撃が炸裂《さくれつ》し、逆に結愛の方が戸惑って恥ずかしがっちゃう……はずだったのだが。

「じゃあ遠慮なく」

まさかの二発目を食《く》らった上、俺の中の魂を吸い出すつもりかよってくらい長いこと唇にちゅっちゅしていたものだから、事が終わった後の俺は膝から崩れ落ちてしまった。

「何故《なぜ》……？　てっきり俺は」

「なんでもなにも、好きな人から『しよ？』って言われたらしちゃうに決まってるでしょ」

「いや俺たちは――」

紡希の前だけの、仮の『恋人』関係のはず。

それなのに、紡希がいない前でも、俺を『好きな人』扱いするとは、まさか。

「あっ、シンにぃ……慎治兄さんがわたしたちに黙ってイチャついているわ！」

紡希が飛んでくる。

「どうせイチャつくなら、百花にネタを提供できるところでしてって言ってるでしょ！」

「そんなルール、聞いたことないぞ」

「イチャつくなら、もう一回、もう一回」

紡希に次いで、百花ちゃんや桜咲までやってきて、俺たちを囲み、手持ち花火の明かりで照らし始める。

「三回目、いっちゃう？」

俺と違って、隣で余裕綽々《よゆうしゃくしゃく》な結愛が、俺の肩に軽く肩を当ててくる。

「やめてくれ。俺の精神が保たないから……」

童貞力の高い俺に、これ以上の刺激は与えないでほしいところ。

コーナーに追い詰められたリック・フレアーばりに『もう勘弁してくれや……』という意思表示をするハメになった。

とはいえ、こうして賑やかにすることを、悪く思っていない俺がいた。

結愛のおかげだ。

結愛と会う以前の俺なら、こういった状況すら、素直に受け止められなかっただろうから。

俺の環境は、結愛と出会ってから大きく変わったけれど、何かと結愛にいじられる俺、という構図は、これからも変わらなそうだし、変わらなくていいと思えた。

それは、夏休みが明け、学校が始まっても同じだ。

■あとがき

お久しぶりです、佐波彗《さなみすい》です。
お手にとっていただき、ありがとうございます。
無事に三巻を出すことができました。
これも読んでくれる皆様のおかげです。

今巻は、前巻のあとがきで予告した通り、夏休み回になりました。
いつもの名雲《なぐも》家メンバーに加え、桜咲《おうさき》姉妹が関わるだけのミニマルな夏休みの一幕になりましたが、慎治《しんじ》と結愛《ゆあ》にとっては大事な時間になったはず。今後ますます「早く付き合っちゃえよ」なイチャラブを繰り広げてくれることでしょう。もちろん、紡希《つむぎ》の存在も大事にしつつ。

一巻に続き、二巻でも、レビューやTwitterなどで、たくさんの感想をいただきました。ありがとうございます。

たとえ短い文章でも、思ったことや感じたことを誰かに読ませる前提で言語化するのは、とても手間で時間が掛かり、繊細さを要求されることだと思います。自分は、創作物を摂取した時、曖昧で未完成な文章を頭に浮かべるだけで済ませることが多く、「感想」という形式の文章を書くことは滅多にないので、感想を書いていただけることには尊敬と感謝の気持ちを持ってしまいます。

そんなわけで、ここ最近、感想のツイートには「いいね」だけで済ませることなく、リツイートもしていますので、三巻の感想もドシドシお願いします。一言くらいの分量でも全然構いません。レスポンスをくれれば、それだけで励みになるので。

以下、謝辞になります。

担当のT様。

今回も、ブラッシュアップのためのご指摘、ありがとうございます。

おかげで、細部の曖昧なところが改善され、作品全体のつくりがしっかりと締りました。今後もよろしくお願いします。

イラストレーターの小森《こもり》くづゆ様。

イラストにマンガに絶好調で多忙であるにもかかわらず、これまで以上にハイクオリティなイラスト、ありがとうございました。ラフイラストを受け取った時点で毎回期待感が上がりまくります。これからも末永くお願いします。

さて、次巻のお話ですが。

四巻があるとしたら、夏休み明けで、学校が再開したあとの話になります。

新たなキャラが登場したり、既存のキャラにも新しい側面が顔を出したりするかもしれません。

毎回、一巻ごとに完結するように心がけてはいるのですが、やはり巻数が増していくごとに世界観もキャラも深まっていくものだと思います。
ギャルなぜの世界を、より深く、より広げていけるように、これからも応援よろしくお願いします！

それでは、四巻のあとがきで、またお会いできることを願って——

お便りはこちらまで
〒一〇二–八一七七
ファンタジア文庫編集部気付
佐波彗（様）宛
小森くづゆ（様）宛

富士見ファンタジア文庫

クラスのギャルが、なぜか俺《おれ》の義妹《ぎまい》と仲良《なかよ》くなった。3

「キミと過《す》ごす夏《なつ》、終《お》わらないで」

令和4年4月20日　初版発行

著者——佐波《さなみ》 彗《すい》

発行者——青柳昌行

発　行——株式会社KADOKAWA

〒102-8177

東京都千代田区富士見2-13-3

0570-002-301（ナビダイヤル）

印刷所——株式会社暁印刷

製本所——本間製本株式会社

ISBN978-4-04-074511-4 C0193 ◇◇◇

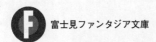

学校
……じろじろ見ないで
【朗報】
俺の許嫁になった地味子、
家では可愛いしかない。
秘密の結婚生活《ラブコメ》！

ファンタジア文庫
甘えていい？
家
著者：氷高悠
イラスト：たん旦
親同士の約束で俺に嫁（3次元）ができた!?
相手は地味で目立たない同級生・綿苗結花。
「最近の推しは誰ですか!?」「遊くん…って呼んでもいい？」
趣味もピッタリ、意気投合。
しかも、慣れたら学校では想像できないほど大胆に！
彼女の素顔と、2人だけの生活は可愛さしかない!?
クラスのあの子と

これは世界を救う
1
久遠崎彩禍。三〇〇時間に一度、滅亡の危機を迎える世界を救い続けてきた最強の魔女。そして——玖珂無色に身体と力を引き継ぎ、死んでしまった初恋の少女。
無色は彩禍として誰にもバレないよう学園に通うことになるのだが……油断すると男性に戻ってしまうため、女性からのキスが必要不可欠で!?
シン世代ボーイ・ミーツ・ガール!
王様のプロポーズ
King Propose
橘公司
Koushi Tachibana
[イラスト]——つなこ

最強の初恋
シリーズ
好評発売中!
ファンタジア文庫

「す、好きです!」「えっ? ススキです!?」。
陰キャ気味な高校生・加島龍斗は、
スクールカースト最上位&憧れの白河月愛に
罰ゲームきっかけで告白することになった。
予想外の「え、だって今わたしフリーだし」という理由で
付き合うことになった二人だが、
龍斗はイケメンサッカー部員に告白される
月愛の後をつけて盗み聞きしてみたり、
月愛は付き合ったばかりの龍斗を
当たり前のように自室に連れ込んでみたり。
付き合う友達も遊びも、何もかも違う2人だが、
日々そのギャップに驚き、受け入れ合い、
そして心を通わせ始める。
読むときっとステキな気分になれるラブストーリー、
大好評でシリーズ展開中!

ありふれた毎日も
全てが愛おしい。

済みなキミと、
ゼロなオレが、
き合いする話。

ファンタジア文庫
何気ない一言も
キミが一緒だと
経験
経験
お付
著／長岡マキ子
イラスト／magako

騙しあい。

各国がスパイによる戦争を繰り広げる世界。任務成功率100%、しかし性格に難ありの凄腕スパイ・クラウスは、死亡率九割を超える任務に、何故か未熟な7人の少女たちを招集するのだが——。

シリーズ
好評発売中！

ファンタジア文庫

世界最強の
“不可能任務”に挑む少女たちの
痛快スパイファンタジー！
スパイ教室
竹町
illustration
トマリ